L'amour est un songe

Barbara Cartland est une romancière anglaise dont la réputation n'est plus à faire.

Plus de trois cents romans variés et passionnants mêlent aventures et amour.

Les Éditions J'ai Lu *en ont déjà publié plus d'une centaine que vous retrouverez dans le catalogue gratuit disponible chez tous les libraires.*

Barbara Cartland

L'amour est un songe

traduit de l'anglais par MARIE-PAULE OVTCHINNIKOFF

Éditions J'ai Lu

Ce roman a paru sous le titre original :

THE GLITTERING LIGHTS

NOTE DE L'AUTEUR

La trame de ce roman est empruntée à la petite histoire: la belle Lily Langtry et les commérages dont elle est l'objet, le *Gaiety Theatre* avec ses aguichantes jeunes premières, ou encore les grands restaurants de Londres tels le *Romano*, le *Rules*, le *Café Royal*, tout cela est authentique et restitue l'« air du temps » sous la reine Victoria.

1886

1

– Je suis de retour, maman.

– Cassandra! J'étais si inquiète! Tu es très en retard.

– J'ai eu quelques problèmes avec mon cheval, répondit Cassandra en s'approchant de sa mère, assise dans un fauteuil roulant.

Lady Alice Sherburn faillit pousser un cri d'horreur. Sa fille était en piteux état: habits maculés de boue, cheveux en bataille. Et elle semblait trempée jusqu'aux os.

– Je suis saine et sauve, rassurez-vous, dit-elle en riant. Mais il pleut à torrents et je suis tombée de cheval.

Comme sa mère paraissait vraiment soucieuse, Cassandra l'embrassa tendrement.

– Ne vous inquiétez pas, maman. Demain il n'y paraîtra plus, à part quelques courbatures et une ou deux contusions...

– Cassandra, ma chérie, s'il t'arrivait malheur, je ne le supporterais pas!

– Je sais, maman. C'est pourquoi je suis venue vous voir aussitôt rentrée, sans avoir pris le temps de me changer. Autrement, vous pensez bien que je ne me serais pas présentée devant vous dans cette tenue!

Puis, voyant que sa mère n'était pas encore tout à fait rassurée, elle ajouta:

– La foudre ne tombe jamais deux fois au même endroit. Depuis que le malheur vous a si durement frappée, la famille est quitte, et nous sommes définitivement protégés, papa et moi.

– Si seulement tu étais moins téméraire! murmura Lady Alice.

– Vous préféreriez me voir sans cesse enfermée à la maison? Et que diriez-vous de moi, vous qui avez été la meilleure cavalière de la région, si je me contentais de monter au petit trot en contournant les obstacles?

– Je ne t'imagine guère ainsi, en effet! répondit Lady Alice, amusée. Va vite te changer, mon enfant. Ton père veut te voir. Ne le fais pas attendre.

– Il faudra qu'il patiente un peu! Je voudrais prendre un bain avant de m'habiller pour le dîner. S'il me demande, dites-lui que j'en ai au moins pour une heure.

Cassandra monta en courant dans sa chambre où l'attendait Hannah, sa gouvernante.

Celle-ci eut la même réaction que Lady Alice mais Cassandra l'arrêta d'un geste et, avec un sourire:

– Ne crie pas! Je sais. Je suis tombée, et c'est bien fait pour moi: j'ai voulu faire sauter un jeune cheval et l'obstacle était trop haut, voilà tout.

– Vous finirez par vous rompre le cou, mademoiselle Cassandra! lui reprocha Hannah, affectueusement. J'aurais pensé que le fauteuil roulant de Madame vous servirait d'avertissement... Mais non! Vous caracolez comme si le diable était à vos trousses! Un de ces jours, vous le regretterez!

Cassandra poussa un soupir d'impatience. Elle avait déjà entendu cela mille fois.

Depuis quinze ans, en effet, Lady Alice était

clouée dans son fauteuil à la suite d'une chute de cheval qui lui avait brisé la colonne vertébrale. En fait, cet accident avait resserré les liens qui l'unissaient à son mari, et jamais on n'avait vu homme plus dévoué à sa femme que sir James Sherburn. De son côté, Lady Alice lui vouait un amour sans cesse renouvelé, que l'on pouvait lire dans chacun de ses regards. Son seul chagrin était qu'elle ne pouvait plus avoir d'enfants.

Cassandra était leur fille unique. Elle était âgée de cinq ans à peine quand l'accident s'était produit. Elevée comme elle l'avait été, par ce couple aussi charmant qu'exceptionnel, il ne fallait pas s'étonner qu'elle fût à la fois adorable, impulsive et tête brûlée.

Tandis que Hannah s'occupait de ses vêtements sales, elle s'immobilisa un instant devant la glace de la salle de bains. La ligne parfaite de son corps élancé et la blancheur de sa peau faisaient d'elle une jeune déesse. Elle libéra sa chevelure dont les plis somptueux tombèrent en cascade dans son dos. Ses cheveux attiraient toujours les regards des hommes. Ils étaient d'un roux profond, éclairés çà et là par des mèches dorées dont les reflets changeants leur donnaient une couleur presque indéfinissable. Elle les tenait de son père, qui aimait les comparer à « une fontaine de vin au soleil ».

Quant à ses yeux bleus, elle les avait hérités de sa mère. Lady Alice descendait d'une longue lignée irlandaise de la meilleure noblesse: les O'Derry étaient comtes depuis de nombreuses générations. Leurs cils foncés, qui contrastaient avec leurs yeux clairs, leur venaient, disait-on, d'un ancêtre espagnol, arrivé avec l'Invincible Armada, et qui aurait fait naufrage près de la côte sud de l'Irlande. D'après la légende, il aurait épousé la fille de son sauveteur.

Les rousses aux yeux bleus ne passent pas inaperques et seul un aveugle aurait pu résister au charme envoûtant de Cassandra. D'un naturel gai, elle paraissait toujours heureuse. Son aplomb faisait sourciller plus d'un aristocrate du Yorkshire qui, finalement désarmés par sa gentillesse et son franc-parler, lui pardonnaient des audaces qu'ils n'auraient pas tolérées chez quelqu'un d'autre.

Elle était sûre d'elle-même et – pourquoi se le cacher? – sûre de son pouvoir de séduction. Il n'y avait pas un seul garçon du voisinage qui ne la poursuivît de ses assiduités. Mais elle les trouvait trop jeunes: elle recherchait plutôt la lueur d'admiration qu'elle allumait dans les yeux des amis de son père, car elle savait que, chose rare, leurs compliments étaient sincères.

– Quelle journée merveilleuse je viens de passer! s'écria Cassandra en savourant les bienfaits de l'eau chaude sur sa peau.

Elle était satisfaite des résultats qu'elle avait obtenus avec les jeunes chevaux que son père lui avait amenés la semaine précédente. Il n'y avait pas plus habile cavalière dans tout le Yorkshire.

– A l'ouverture de la chasse, dit-elle à haute voix, mes chevaux seront capables de laisser sur place les meilleurs.

– Pour sûr... si vous êtes encore en vie pour nous le raconter, coupa Hannah qui venait d'entrer.

Cassandra éclata de rire. Elle était habituée à ce genre de remontrance.

– Dieu merci, nous ne sortons pas ce soir! s'écria-t-elle en sortant du bain.

Les Sherburn habitaient une région très accueillante, bien que peu fréquentée. Le gibier y était abondant, pour le plus grand plaisir des fils de famille des environs, tous fervents chasseurs.

Cassandra se sécha soigneusement, puis passa une robe du soir. Bien entendu, toute sa garde-robe venait de Londres et faisait plus d'une envieuse parmi les jeunes filles de son âge. Mais il était difficile de lui en vouloir bien longtemps, car elle était aussi charmante avec les femmes qu'avec les hommes. A part les vieux barbons qui lui reprochaient de ressembler plus à un garçon manqué qu'à une fille de bonne famille, tout le monde s'accordait à lui reconnaître une bonne éducation.

– Merci, dit-elle à Hannah, qui l'avait aidée à se préparer. Sois un ange: réveille-moi à sept heures demain matin.

– Vous n'allez quand même pas sortir si tôt pour monter à cheval? s'écria Hannah.

– Je ne vais pas laisser mes chevaux désœuvrés après ce que je leur ai appris aujourd'hui! Demain, Flycatcher saura sauter, je te le garantis!

– Et moi, je vous garantis que vous allez vous rompre les os!

Cassandra partit d'un nouvel éclat de rire.

– N'y compte pas, dit-elle, tu serais trop heureuse de pouvoir me dire: « Je vous avais prévenue! »

Enfin prête, Cassandra entra chez son père. Celui-ci lui jeta un regard admiratif, en homme qui s'y connaissait en jolies femmes.

Sa robe était vert pâle comme les premiers bourgeons; le drapé délicat, qui soulignait merveilleusement le contour parfait de son buste et se terminait par une traîne, lui donnait une allure à la fois classique et simple: à n'en point douter, il s'agissait d'une robe de prix.

Elle ne portait aucun bijou. Sur sa peau blanche comme une fleur de magnolia, ils auraient été superflus. Hannah, qui avait dû la coiffer à la hâte, avait simplement rassemblé ses longs cheveux en chignon. Sir James préférait sa fille avec les cheveux bouclés, mais, quelle que fût sa coiffure, elle faisait toujours sensation.

– Je suis navrée de vous avoir fait attendre, papa, dit-elle en l'embrassant.

– Tu es tout excusée.

Côte à côte, la ressemblance entre le père et la fille était frappante. Sir James était racé et athlétique. Vêtu avec élégance, toujours rasé de près, les yeux pétillants, c'était un homme qui savait tourner le compliment et les femmes le trouvaient irrésistible.

– Je vous ai regretté, papa. Ces chevaux font preuve de qualités remarquables! J'en suis émerveillée!

– Je suis bien content qu'ils te plaisent, ma chérie.

– Ils me ravissent vraiment! Je suis persuadée que nous aurons un gagnant à Andorre.

– Je me trompe rarement, en matière de chevaux, fit remarquer sir James.

Cassandra s'approcha du feu. On était à la fin du mois de mars, mais le temps était encore frais, et le Clos-des-Tourelles était une demeure froide, parce que très vaste et construite au sommet d'une colline qui dominait toute la région.

– Ta mère était inquiète, ma chérie, reprit sir James. A l'avenir, essaie de ne plus la mettre dans cet état.

– Bien, papa, j'essaierai. Mais Flycatcher me prend tout mon temps. Je dois avoir beaucoup de patience pour le dresser, autrement il fera toujours n'importe quoi.

Sir James sourit.

– A présent tu es aussi experte que moi avec les chevaux et, franchement, je ne pourrais te faire de plus beau compliment.

– Hum... Vous me semblez bien sûr de vous, mon père...

– Je ne suis pas très modeste, je l'avoue... Mais, trêve de plaisanteries, ma chérie: j'ai quelque chose d'important à te dire.

Son visage avait pris une expression grave.

– J'ai reçu une lettre du jeune duc d'Alchester, poursuivit-il après un silence. Je m'y attendais mais, d'un autre côté, j'avais l'impression, depuis qu'il avait hérité du titre paternel, qu'il n'était plus d'accord avec les arrangements que son père avait faits pour lui.

– Il y a plus d'un an que le marquis de Charlbury est devenu duc d'Alchester, remarqua Cassandra à mi-voix.

– Je le sais. Mais les convenances l'obligeaient à observer cette longue période de deuil. C'est d'ailleurs l'objet de la lettre.

– Que dit-il?

– Il suggère que sa visite, qui avait été différée pour cette raison, se fasse à présent. Il demande s'il serait le bienvenu dans deux semaines – le 10 avril, pour être précis.

Cassandra détourna la tête et se perdit dans la contemplation des bûches qui flambaient dans la cheminée. Elle tendit ses mains vers les flammes, comme, si tout à coup, elle avait froid.

– Tu sais bien, ma chérie, que j'ai toujours désiré te voir épouser le fils de mon vieil ami Alchester. Nous n'en avions pas parlé depuis longtemps, toi et moi, mais tu devais te douter que je n'avais pas changé d'avis.

« C'est vrai », pensa Cassandra. Son père et elle s'étaient toujours compris sans avoir besoin de parler. Mais ces derniers mois, ils avaient délibérément évité le sujet.

– Tout cela paraissait si parfaitement bien arrangé, continua sir James. Et voilà que ces deuils, survenus coup sur coup...

Deux ans auparavant, pendant l'été 1884, Cassandra devait faire ses débuts dans le monde et son père avait organisé un bal en son honneur dans sa nouvelle maison de Park Lane, à Londres.

Elle allait être présentée à Buckingham Palace. Comme sa mère ne pouvait pas se déplacer, son chaperon devait être la belle-sœur de son père, Lady Fladbury. Mais voilà que, juste une semaine avant cette date, alors qu'ils devaient quitter le Yorkshire, le grand-père de Cassandra, le comte O'Derry, mourut et ils durent prendre le deuil. Or, au temps de la reine Victoria, ces choses duraient très longtemps.

Tous les rendez-vous qui avaient été pris à Londres furent donc annulés et Cassandra resta dans le Yorkshire.

L'année suivante, on procéda aux mêmes préparatifs. Lady Fladbury, qui ne désirait rien tant que de présenter Cassandra à la société londonienne, s'était procuré les invitations nécessaires pour les réceptions, les soirées et les bals qu'il était de bon ton de fréquenter et dont les dates coïncidaient avec l'arrivée de sa nièce. Mais, deux jours à peine avant leur départ pour Londres, lord Fladbury était mort d'une crise cardiaque.

– Tout est remis encore une fois? s'était étonnée Cassandra. Décidément, je ne suis pas destinée à devenir une femme du monde!

– Ma fille, tu ne peux absolument pas être présentée dans de telles circonstances, lui avait expliqué lady Alice. Tu dois respecter le deuil de lady Fladbury.

– Ne vous inquiétez pas, maman. Cela ne me dérange absolument pas. Pour vous parler franchement, je préfère passer l'été dans le Yorkshire. Vous savez combien j'aime les courses, et tous mes amis d'enfance sont ici.

– Mais je tiens à ce que tu ailles à Londres, s'était écrié sir James, très contrarié. Et j'ai déjà tout arrangé avec le duc.

En effet, sir James et le duc d'Alchester avaient décidé depuis longtemps que leurs enfants se marieraient. Le duc souhaitait voir son fils épouser une héritière : ses propriétés étaient hypothéquées, son château dans le délabrement le plus complet, et il était entendu, une fois pour toutes, que le marquis de Charlbury, son fils, ferait un mariage d'argent.

– Mais pour rien au monde, disait-il, je ne voudrais le voir dans les bras de la fille d'un de ces parvenus d'Américains ou, pis encore, d'un marchand !

Sir James et le duc d'Alchester étaient amis depuis des années. Ils s'étaient connus à la foire équestre de Tattersall. Un jour que sir James avait remporté aux enchères deux chevaux de chasse particulièrement racés que le duc convoitait, il lui avait dit :

– Cela m'ennuie de penser, Votre Grâce, que notre argent sert à enrichir non seulement les propriétaires des chevaux, mais les organisateurs des ventes.

Le duc, tout d'abord surpris, avait demandé :

– Alors que proposez-vous?

– Un arrangement entre nous. Il nous suffira d'inspecter les chevaux avant la vente, de choisir ceux qui nous intéressent et de nous mettre d'accord à l'avance sur la somme que nous voulons miser.

Depuis, on les avait toujours vus ensemble dans les ventes. Lorsque l'un faisait une offre, l'autre ne renchérissait pas. Aussi, l'amour des chevaux étant le lien le plus étroit qui puisse unir deux Anglais, le duc et sir James étaient devenus intimes.

Cassandra avait douze ans lorsqu'elle avait vu le marquis de Charlbury pour la première fois. Son père l'avait emmenée à un match de cricket opposant les élèves d'Eton à ceux de Harrow. Le public semblait plus occupé à sabler le champagne et à manger des framboises à la crème qu'à suivre la partie. Mais Cassandra, elle, était fascinée par ces jeunes gens habillés de flanelle blanche qui défendaient les couleurs de leur école. Et, parmi eux, comment ne pas remarquer le jeune capitaine de l'équipe d'Eton? Elle lui avait été présentée dans l'après-midi, sans songer un instant que le marquis de Charlbury – car c'était lui – était destiné à devenir son époux.

Vêtu d'un pantalon ivoire, d'un blazer et d'une casquette bleu pâle, il lui avait paru très beau. Cassandra avait tout de suite remarqué ses cheveux bruns et ses superbes yeux gris. Son regard semblait transpercer ses interlocuteurs, comme s'il cherchait à déceler en eux quelque secret. Sa popularité était immense auprès des élèves d'Eton. Les plus jeunes racontaient ses exploits avec tant d'enthousiasme que les anciens éprouvaient à les écouter une réelle nostalgie de l'époque où ils étaient encore à l'école.

A la fin du match, il avait été aussitôt entouré par un groupe de jeunes femmes qui buvaient ses paroles et riaient à tout propos pour se faire remarquer.

« Aujourd'hui, s'était dit Cassandra, il est le héros du match. Demain elles l'auront oublié. »

Mais, avec le temps, elle s'était aperçue que le marquis de Charlbury n'était pas de ceux qu'on oubliait facilement. Les journaux ne cessaient de parler de lui; les magazines à sensation étaient émaillés d'articles qui racontaient ses aventures amoureuses et vantaient son charme et son succès. Elle ne savait même plus avec certitude si elle lui avait été réellement présentée. De toute manière, sans doute ne lui avait-elle fait aucune impression, même si sa vie à elle avait été à jamais transformée par ce bel après-midi d'été. Aussi avait-elle cru vivre un rêve lorsque son père lui avait appris son intention de la marier précisément avec lui.

– Et s'il ne m'aime pas? avait-elle demandé, inquiète.

– Ma chérie, tu sais bien que, dans nos milieux, les mariages sont toujours arrangés par les parents.

– Mais pensez-vous que de tels mariages puissent réussir?

– Bien sûr! Dans la majorité des cas les jeunes mariés tombent amoureux l'un de l'autre et vivent très heureux.

– C'est ainsi que cela s'est passé pour maman et vous?

– A la vérité... non. J'ai rencontré ta mère par hasard, et je suis tombé amoureux d'elle dès le premier instant. Je pense qu'elle te dira la même chose en ce qui la concerne. Mais, de toute façon, je comptais bien me marier avec quelqu'un qui me conviendrait.

– Vous voulez dire avec quelqu'un qui possédait de la fortune et un rang social!

– Nous avons toujours été francs l'un envers l'autre, Cassandra. Je dois reconnaître que j'avais bien décidé de n'enterrer ma vie de garçon qu'au bénéfice d'un brillant mariage.

– J'ai pourtant entendu dire, papa, qu'il n'y avait jamais eu plus grand séducteur que vous et qu'on vous voyait volontiers compter fleurette... Mais qu'essayez-vous de me faire comprendre? Que vous avez toujours voulu faire un mariage de raison? Que vous n'auriez jamais épousé une roturière, même si vous l'aviez aimée?

– J'ai eu de la chance: le cas ne s'est pas présenté. Je ne peux donc pas te dire ce que j'aurais fait en d'autres circonstances. C'est vrai que j'ai aimé un certain nombre de femmes et peut-être même ai-je brisé plus d'un cœur. Mais, dès l'instant où j'ai vu ta mère, j'ai su que je l'épouserais.

– Ainsi je n'aurai pas la chance de découvrir moi-même celui que j'aime?

– Tu es une femme trop riche pour cela.

– Vous voulez dire que lorsque je serai en âge de me marier, les hommes ne demanderont ma main que pour ma fortune?

– En grande partie! Mais aussi parce que tu es belle, délicieuse, intelligente et que tu as beaucoup de personnalité.

– Ce qui veut dire que je devrai vous laisser choisir pour moi un époux selon vos goûts?

– Il faudra me faire confiance, comme toujours.

– Et le marquis? C'est un homme, lui. Il est donc maître de son choix.

– Non! Charlbury doit faire un mariage d'argent. Ses propriétés sont mal en point. Le duc m'a confié qu'il lui faudrait engager d'énormes frais pour les remettre en état. La seule chance qu'il reste à Charlbury de vivre dans la maison de ses ancêtres, c'est d'épouser une héritière pourvue d'une dot confortable.

– Mais s'il en aimait une autre?

– C'est un gentleman. Il fera toujours preuve, j'en suis persuadé, de beaucoup de courtoisie et de considération à l'égard de sa femme. Je n'ai jamais entendu la moindre critique à son endroit.

Son père comptait arranger une entrevue entre elle et le jeune marquis. Il se rendait souvent à Alchester et rencontrait aussi le duc dans un de leurs nombreux clubs.

Pourtant, il n'était jamais question du marquis lors des bals ou réunions qui se déroulaient dans le Yorkshire. Plus tard, Cassandra s'était rendu compte que cette absence était volontaire et reflétait la volonté de sir James; il ne voulait pas que le marquis voie sa fille dans cette période peu flatteuse et un peu gauche de l'adolescence. Il préférait attendre qu'elle fût devenue aussi belle qu'elle promettait de l'être.

Mais le destin n'avait pas fini de lui jouer des tours. En 1885, le duc était mort d'une attaque, vingt-quatre heures après avoir vu un de ses chevaux battu à Epsom. C'était le coup le plus rude que sir James ait jamais eu à supporter: le jeune marquis devait en effet venir habiter les *Towers* à l'occasion des festivités annuelles du pays.

– Tu vas rencontrer Charlbury, avait-il annoncé à sa fille. Il fera sa demande et vous pourrez vous marier à la fin de l'été.

– Il est au courant?

– Bien sûr! Le duc nous a tous invités à Alchester pour les courses d'Ascot. Nous profiterons de cette occasion pour rendre publiques vos fiançailles.

Cassandra n'avait rien dit sur le moment; elle s'était sentie comme dans un théâtre avant le lever du rideau, ne sachant pas très bien quelle pièce on allait jouer. Mais dès qu'elle avait été seule, mille questions inquiétantes s'étaient bousculées dans sa tête, comme si de gros nuages apparaissaient et disparaissaient devant ses yeux.

Mais depuis que le duc était mort, les choses étaient restées au point mort. Cassandra fut obligée de passer un nouvel été dans le Yorkshire. Et, depuis ce jour, sir James attendait une lettre de l'ex-marquis Charlbury, devenu duc d'Alchester.

Ces délais successifs, qui compromettaient son avenir, avaient incité Cassandra à rechercher plus d'intimité avec son père. Elle lui confiait désormais les secrets qu'elle eût autrefois gardés pour elle. Ainsi, un soir, en rentrant d'un bal où, sans conteste, elle avait été la reine de la fête, provoquant l'admiration des garçons et la jalousie de toutes les femmes, elle lui avait dit:

– Walter Witley m'a fait des propositions pour la neuf cent quatre-vingt-dix-neuvième fois. Je l'aime bien mais il ne paraît pas comprendre ce que « non » veut dire.

– J'admire son obstination.

– Il est aussi lourd comme soupirant qu'il l'est à cheval!

– Et qu'est-ce qui te semble le plus condamnable des deux?

– Je sais une chose... Je ne pourrais jamais épouser un homme qui ne serait pas bon cavalier et qui ne comprendrait pas les chevaux.

– Il y a beaucoup de bons cavaliers en Angleterre!

– Mais cela ne suffit pas. Mon mari devra être également intelligent, ce qui n'est pas le cas de Walter Witley. Si vous l'aviez vu hésiter et bégayer ce soir, vous auriez été navré pour lui. J'ai bien essayé de l'arrêter, mais il a voulu tenter sa chance, comme il dit. Enfin, je ne pense pas qu'il recommencera!

– Tu as été désagréable avec lui?

– Non, mais je lui ai rabaissé le caquet! Il pense que lord Witley de *Witley Park* est un homme trop important pour être considéré comme quantité négligeable par la fille d'un petit baronet!

– Ça, par exemple! Les Sherburn étaient déjà châtelains quand les Witley n'étaient encore que des marchands de bétail!

– Oh! papa, je vous adore. Mais lord Witley est lord Witley et il ne permettra jamais qu'on l'oublie!

– Très bien, je vais demander à ta mère de le rayer de la liste de tes prétendants. Et, crois-moi, ma fille, si un jour tu épousais un Witley, je n'assisterais pas à ton mariage!

– Une chose me gêne, répondit-elle en riant. Je vous trouve si fascinant, papa, que tous les autres hommes me semblent insignifiants comparés à vous!

– Tu exagères, Cassandra. Mais, tu le sais, moi aussi, je souhaite ce qu'il y a de mieux pour toi. C'est mon plus cher désir.

Or, aujourd'hui, pour la première fois depuis que la fameuse lettre était arrivée, Cassandra se posait des questions et mettait en doute la sagesse de son père en ce qui la concernait.

Elle avait changé. Elle n'était plus la petite fille gauche qui hésitait au seuil de sa destinée, ne sachant quel chemin suivre. A vingt ans, elle était même beaucoup plus avisée que bon nombre de ses aînées. Elle saurait désormais se montrer très attentive dans le choix de son époux, et ne se satisferait pas forcément de celui que son père lui désignerait.

Sir James était trop intuitif pour ne pas s'être rendu compte que quelque chose perturbait sa fille. Mais il avait confiance en elle et savait que, tôt ou tard, elle lui exposerait son problème. Il avait également conscience qu'elle n'était plus une enfant et qu'elle ne lui obéirait plus sans poser de questions.

Ils allaient poursuivre leur conversation, lorsqu'on leur annonça que le dîner était servi.

Le cuisinier, un chef français, s'était surpassé une fois de plus. Il faut dire qu'on lui versait un salaire exorbitant pour le faire rester dans le Yorkshire. Une folie que seuls les Sherburn pouvaient se permettre.

Des fleurs provenant des serres du jardin décoraient la table. Et les fruits, dans leurs immenses corbeilles, étaient si beaux qu'ils forçaient l'admiration de tous les horticulteurs d'Angleterre.

Sir James s'assit en bout de table sur une chaise au dossier imposant.

– Comme c'est agréable, dit-il, d'avoir à ses côtés les deux plus belles femmes du monde et de savoir qu'on n'aura pas à supporter les propos futiles de convives ennuyeux.

Lady Alice se mit à rire.

– Vous aimez nous avoir pour vous tout seul, rétorqua-t-elle, parce que cela vous arrive rarement. Sinon, je suis persuadée qu'on vous verrait bientôt bâiller.

– Comment pouvez-vous dire une chose pareille? protesta sir James en lui baisant la main.

Mais lady Alice savait bien qu'elle avait raison. Elle s'arrangeait d'ailleurs toujours pour inviter aux *Towers* les femmes les plus charmantes et les plus spirituelles, et elle les retenait même à déjeuner ou à dîner.

Cassandra s'était parfois demandé si sa mère était jalouse de toutes ces femmes qui faisaient ostensiblement la cour à son père. Elle aurait pourtant dû se rendre compte qu'aucune d'elles, aussi belle fût-elle, ne pourrait jamais prendre la place de Lady Alice dans le cœur de son mari, malgré sa réputation de don Juan. Car les femmes le trouvaient irrésistible.

– Cela n'a rien de surprenant, papa, lui avait-elle déclaré un jour. Moi-même, je vous trouve follement séduisant, et pourtant je suis votre fille.

– Ma chérie, je peux te retourner le compliment. Le jour où tu tomberas amoureuse, je crois que je serai jaloux!

Après le dîner, ils passèrent au salon pour bavarder au coin du feu. Mais lady Alice ne tarda pas à aller se coucher.

– Je vous suis, maman, dit Cassandra. J'avoue que je suis un peu harassée, ce soir.

– Tu fais du cheval demain matin? demanda son père. J'ai envie de t'accompagner.

Cassandra hésita un moment avant de lui répondre.

– C'est-à-dire que... j'avais l'intention d'aller à Londres.

Il attendit que lady Alice soit hors de portée de voix.

– A Londres?

– J'ai envie de faire un peu de shopping, papa.

– Bien sûr, ma chérie! Je veux que tu sois élégante pour la venue d'Alchester. Veux-tu que je t'accompagne?

– Non, papa, ce n'est pas nécessaire. Vous savez bien que ce serait une corvée pour vous. Je ne pense pas d'ailleurs m'y attarder longtemps.

– Ta tante se trouve dans notre maison de Park Lane. J'ai reçu une lettre d'elle hier, dans laquelle

elle me disait qu'elle venait d'engager un nouveau cuisinier.

Depuis qu'elle était veuve, lady Fladbury avait élu domicile dans la maison de son beau-frère, à Park Lane. Il était plus facile ainsi à Cassandra de trouver sur place un chaperon. Cela convenait également parfaitement à sa tante, qui n'avait, de ce fait, aucun loyer à payer.

– Tante Eleanor ne quitte jamais Londres. Je savais que tu la trouverais à la maison!

– Tu emmènes Hannah?

– Bien sûr! Je sais bien que vous n'aimez pas me voir voyager sans elle.

– Quand tu seras là-bas, pense à te faire photographier: nous aurons besoin de photos pour les journaux lorsqu'on annoncera tes fiançailles.

– Papa, vous savez bien que je déteste cela!

– Il le faut pourtant! Je te conseille d'aller chez Downey, à Bond Street. C'est le photographe attitré de Lily Langtry. J'ai beaucoup aimé le dernier portrait qu'il a fait d'elle.

Soudain, Cassandra eut l'air préoccupé.

– Justement, il y a une chose que je voulais vous demander: j'aimerais beaucoup rencontrer Mme Langtry.

– Lily Langtry? s'écria sir James, surpris.

– Oh! J'ai tellement entendu parler d'elle, de sa beauté, du souvenir incroyable qu'elle a laissé à tous ceux qui l'ont vue sur scène! J'ai lu qu'en rentrant des Etats-Unis, l'année dernière, elle avait été ovationnée à sa descente de bateau. Il y avait une foule immense sur le quai, paraît-il.

– J'ai vu cela en effet.

– Cela montre bien quelle place elle occupe dans le cœur de son public. Ecrivez-moi une lettre d'introduction pour elle, papa. J'irai la voir dans sa nouvelle pièce... *Les Ennemis,* je crois. Vous y êtes allé?

– Non, pas encore. Mais je l'ai vue dans son précédent spectacle. Elle était excellente, un peu froide peut-être, mais divinement belle.

– Vous l'avez emmenée dîner?

– Non, puisque tu veux tout savoir. Je puis même te dire que je ne l'ai pas revue depuis son retour d'Amérique.

– Donnez-moi juste un mot d'introduction...

– Je ne connais pas son adresse. Tu devras demander au cocher de déposer la lettre au théâtre. Mais je ne suis pas très sûr que ta mère sera d'accord avec tout cela.

– Nous n'avons pas besoin de lui en parler!

– Alors, ce sera notre secret! Au fond, j'aimerais assez que tu rencontres Lily. Vous êtes aussi belles l'une que l'autre, chacune à sa façon. Voyons... Laisse-moi réfléchir... Elle devait avoir vingt-neuf ans lorsque je l'ai rencontrée. C'était la plus jolie femme que j'aie jamais vue.

– Alors, papa, vous comprenez pourquoi j'ai envie de la rencontrer? Je voudrais lui parler, essayer de comprendre pourquoi elle a séduit de cette façon le prince de Galles ou le prince Louis de Battenburg; savoir pourquoi le Premier ministre lui-même est son ami.

– Qui t'a donc raconté tout cela? demanda sir James d'un ton railleur.

– S'il y a un seul commérage qui ne soit pas parvenu jusqu'à moi, répondit Cassandra en riant, tante Eleanor aura vite fait de me le raconter dès que je serai arrivée à Park Lane.

– Je n'en doute pas une seconde!

– Alors, vous voulez bien me l'écrire, cette lettre? Je prendrai le train de neuf heures, demain matin, à York. Je vais demander tout de suite à Hannah de préparer mes affaires. Elle va être furieuse d'avoir à faire cela à une heure pareille! Je l'entends déjà s'écrier: « Quoi? Au milieu de la nuit? »

– Tâche de ne pas inquiéter ta mère! Tu sais bien qu'elle est toujours anxieuse de te savoir à Londres sans moi.

– Je suis persuadée que maman n'a qu'une envie, c'est de me voir au mieux de ma forme lorsque le duc arrivera! Parce que, comme toutes les femmes que vous avez pu connaître, cher papa, je n'ai plus rien à me mettre!

Sir James, amusé, se rendit à son bureau pour écrire une courte missive qu'il adressa à: *Madame Langtry, The Prince's Theatre.*

– Merci, mon papa chéri.

Cassandra l'embrassa tendrement et glissa la lettre dans sa poche. Puis elle se précipita dans la chambre de Lady Alice pour lui souhaiter bonne nuit et l'avertir de son départ pour Londres. Comme elle l'avait pensé, sa mère fut dans les meilleures dispositions du monde dès qu'elle sut que sa fille partait pour renouveler sa garde-robe.

En revanche, Hannah ne put s'empêcher de protester lorsque Cassandra entra dans la chambre en coup de vent lui annoncer leur départ.

– Vraiment, mademoiselle Cassandra, vous devriez tenir un peu plus compte de moi! Comment voulez-vous que je sois prête demain matin pour huit heures si vous me tenez debout ainsi jusqu'au milieu de la nuit?

– Allons! Tu ne te couches jamais de bonne heure, répliqua Cassandra. C'est important, Hannah, très important pour moi, d'aller à Londres demain.

– Quelque chose me dit que vous nous préparez encore un mauvais tour... En tout cas, si vous avez une idée derrière la tête, vous pouvez emmener quelqu'un d'autre! Je ne veux pas que Madame me tienne responsable de vos bêtises! Je vous le dis tout net!

Cassandra ne lui prêtait aucune attention. Elle avait trop souvent entendu la vieille Hannah ronchonner pour la prendre au sérieux.

– Bon, je vais faire les valises! Cela va encore me prendre au moins trois heures! Si je suis trop exténuée demain matin pour vous accompagner, vous saurez pourquoi!

– Je te l'ai déjà dit, Hannah, je n'ai besoin que de quelques robes. Mes bagages ne seront pas longs à faire. Nous ne resterons que deux ou trois jours et, pendant ce temps, je ne ferai que visiter les magasins.

– Je ne sais pas comment nous allons faire pour caser de nouvelles affaires dans ces placards! Il n'y a déjà plus de place!

Dès que Hannah eut quitté la pièce, Cassandra, qui s'était couchée, sauta hors de son lit, enfila un déshabillé, et se dirigea vers son boudoir qui se trouvait juste à côté.

C'était une pièce petite, mais pleine de charme. Tout ce qui avait pour Cassandra une signification particulière se trouvait caché là. Allumant la lampe, elle ouvrit un tiroir secret de son bureau et en sortit deux albums verts reliés en peau qu'elle plaça sur la table, bien éclairés. Un long moment elle resta à les contempler, comme si elle craignait de les feuilleter. Puis, lentement, son visage reflétant un grand désarroi, elle se décida à les ouvrir.

2

Une à une, Cassandra tournait les pages, toutes pleines de portraits et de coupures de presse consacrées au marquis de Charlbury.

Elle avait commencé de les rassembler le jour où elle l'avait vu pendant le match opposant Eton à Harrow. On n'y trouvait que des articles très flatteurs à son sujet, relatant ses exploits sportifs et les frasques de sa vie privée. Cassandra les avait découpés dans les journaux de son père, l'*Illustrated London News*, le *Sporting and Dramatic*, et dans des magazines féminins de l'époque, comme *The Lady* qui amusait tant sa mère. Plus tard, en y repensant, elle avait sans doute pressenti le rôle que le marquis devait jouer dans sa vie.

Cette passion avait duré des années. Mais il y avait longtemps qu'elle n'avait plus ouvert ces albums, car, avec le temps, ses sentiments avaient évolué.

Si leurs fiançailles avaient eu lieu comme prévu, lorsqu'elle avait dix-sept ans, les choses auraient été différentes. Le marquis lui apparaissait alors comme un héros, comme l'homme idéal qui hantait ses rêves d'adolescente.

Or, cette image idyllique s'était peu à peu transformée. Un jour où son père l'avait emmenée au théâtre, à Londres, elle avait entendu dire qu'il faisait partie de ce qu'on appelait la *jeunesse dorée*, et qu'il était connu pour ses extravagances. Cela ne l'avait pas vraiment choquée, mais elle avait voulu y voir l'explication de l'indifférence qu'il semblait manifester à son égard. Puis, lorsqu'il avait décommandé sa dernière visite aux *Towers*, elle avait réellement commencé à croire à la fin de son beau rêve. « Je ne l'épouserai pas », s'était-elle dit.

C'était une jeune fille romantique. Elle avait eu la naïveté de croire qu'ils tomberaient amoureux fous l'un de l'autre dès leur première entrevue et vivraient à jamais heureux à partir de cet instant.

Lorsqu'elle s'était rendue à Londres au printemps 1884, elle avait demandé à sa tante si elle rencontrerait le marquis dans les bals où elle était invitée pendant la saison.

– Qui? Le marquis de Charlbury? s'était écriée lady Fladbury. Qu'est-ce qui te fait penser qu'il soit un bon parti?

Devant cette réaction, Cassandra avait compris que le duc et son père tenaient leur plan secret. Car s'il y avait eu des cancans à ce sujet, lady Fladbury en aurait été la première avertie!

– Ah! J'oubliais, continua-t-elle. Il est vrai qu'on voit toujours son père avec le duc sur les champs de courses. Pour ma part, je te conseillerais de te tenir à l'écart du jeune Charlbury. Il est bien trop intéressé par les feux de la rampe pour avoir envie de faire danser une jeune fille du monde.

– Par les feux de la rampe?

– Il est un de ces noctambules qui hantent la sortie des artistes du *Gaiety Theatre*. Il y a des hommes assez fous pour s'amouracher de ces filles légères et sans éducation qui ne peuvent en aucun cas faire de bonnes épouses.

– De bonnes épouses?

Cassandra savait que les actrices ne jouissaient pas

d'une bonne réputation et qu'elles n'étaient pas reçues dans la haute société.

– Kate Vaughan, qui a fait ses débuts au *Gaiety*, a épousé l'an dernier l'honorable Arthur Wellesley, le neveu du grand duc de Wellington. Et Billie Bilton est devenue comtesse de Clantarty! Le jeune comte s'est couvert de ridicule; sa mère est au désespoir.

– Je n'imaginais pas que les hommes du monde pouvaient épouser des actrices!

– C'est qu'elles sont rusées! Les hommes qui se laissent prendre à leur piège ne peuvent plus leur échapper!

– Et vous pensez que le marquis de Charlbury serait, lui aussi, attiré par les actrices?

– Ce sont des femmes gaies. Elles ont le visage peinturluré comme des bouquets de fleurs, et des bijoux en toc qui brillent à la lumière des chandelles comme les yeux du diable! Mais ne t'inquiète pas, ma chérie! Il y a des milliers d'autres hommes de par le monde, qui ne se laissent pas impressionner par ces faux-semblants.

Très étonnée par ces déclarations et quelque peu incrédule, Cassandra en avait aussitôt parlé à son père, à qui elle faisait confiance.

– Tante Eleanor m'a dit que, de nos jours, beaucoup de jeunes gens épousaient des actrices du *Gaiety Theatre*. C'est vrai, papa?

– Pas autant que ta tante veut le faire croire. La plupart des hommes, Cassandra, les invitent à dîner, leur font la cour... Ils se sentent plus libres avec elles parce qu'elles n'ont ni chaperon ni mari jaloux.

– Elles sont jolies?

– Très! Et avec elles tout est facile. Les jeunes gens trouvent cela follement plus attirant que...

Soudain, sir James s'interrompit: il avait compris pourquoi sa fille lui posait toutes ces questions.

– J'ai idée que ta tante t'a parlé de Varro Charlbury. Vois-tu, ma chérie, un jeune homme doit vivre sa vie. Dans la plupart des cas cela fait de lui un meilleur époux par la suite.

– Mais... s'il tombait amoureux?

– Le mot « amour » a bien des significations différentes. Ce qu'un homme ressent pour le genre de femme dont nous parlons, ce n'est pas de l'amour, mais du désir, c'est une distraction, rien d'autre. A moins d'être idiot, personne n'a envie de passer le reste de sa vie avec une femme qui n'a rien d'autre à offrir que sa beauté.

– Pourtant tante Eleanor dit...

– Ta tante exagère! Elle parlait de quelques cas particuliers. Ces hommes-là paient cher ce qu'ils ont cru être une passion. Tel qui était dans l'armée a dû quitter son régiment; tel autre a dû démissionner du corps diplomatique ou renoncer à la politique. La plupart du temps, ces femmes ne sont pas acceptées par la famille du mari et, lorsque ses anciens amis lui rendent visite, leurs épouses ne les accompagnent pas.

– Cela n'est pas juste!

– Une société, ma chérie, doit avoir des règles. Et ces règles exigent qu'un homme bien né n'épouse pas une femme d'une autre condition que la sienne, pas plus qu'une divorcée ou une actrice. Ne te soucie donc pas des bruits qui courent au sujet de Charlbury. Tout cela n'est qu'une période et, lorsqu'il sera marié, tout rentrera dans l'ordre. Il deviendra alors un duc respectable et respecté.

Mais les choses avaient pris un tout autre chemin. Cassandra, qui continuait à réunir des informations sur lui, avait découvert qu'il passait la plupart de son temps en compagnie des filles du *Gaiety*.

– On l'appelle le « Joyeux Marquis », lui avait un jour confié une amie, lors d'une promenade à cheval. Tu le connais?

– Non! avait répondu Cassandra. Il m'intéresse seulement parce que mon père et le sien allaient souvent aux courses ensemble. Je voulais juste savoir si le nouveau duc suivait la trace de l'ancien.

– En tout cas, il ne pourra pas mener ce genre de vie bien longtemps.

– Pourquoi?

– Parce que, semble-t-il, il a joliment entamé son patrimoine!

« Mais alors, s'était dit Cassandra, si cette histoire est vraie, pourquoi ne s'en remet-il pas à l'arrangement conclu par son père? En m'épousant, il retrouverait une fortune! »

Elle ne voyait qu'une explication possible: en dépit de tout ce que son père avait fait pour lui, le jeune duc était tombé amoureux et n'avait plus aucune envie de faire un mariage de raison.

Puis l'hiver 1885 avait passé. Comme on était toujours sans nouvelles du duc, Cassandra en était venue à la conclusion que ce projet était tombé à l'eau et qu'on n'entendrait plus parler de lui. Mais sir James était un optimiste:

– Alchester est en deuil, disait-il. Il attendra aussi longtemps que l'exige la bienséance. Ce délai passé, je suis persuadé qu'il reprendra les négociations là où elles en étaient restées.

« Je n'accepterai en aucun cas d'être traitée de cette façon, s'était dit Cassandra en se gardant bien d'en souffler mot à son père. Négociations? Ah! non! » Chaque mois qui s'écoulait renforçait sa détermination. C'était décidé: elle n'épouserait pas un homme dont le cœur appartenait à une autre et qui n'en voulait qu'à son argent! Elle avait été bien puérile de croire qu'il tomberait amoureux d'elle simplement parce qu'elle était jolie. Elle avait assurément plus de cervelle et d'éducation que les coquettes avec lesquelles il se liait, mais peut-être n'était-ce pas ce genre de qualités qu'il recherchait chez une femme?

Elle s'était mise à étudier les photos des actrices en vue. Il était évident, au premier coup d'œil, qu'elles étaient mille fois plus piquantes que les filles de la bonne société. Il y avait des exceptions, bien sûr: la jeune lady Warwick était ravissante; la comtesse de Dudley ressemblait à une déesse. Mais qui pouvait être comparée à Nelly Farran, celle dont les critiques proclamaient: « Sans Nelly, le *Gaiety* ne serait plus le *Gaiety!* », ou à Connie Gilchrist, qui avait atteint la célébrité en sautant à la corde !

De fil en aiguille, Cassandra avait cessé de découper les coupures de presse concernant le duc d'Alchester pour collectionner à la place les photos de ces beautés qui s'étalaient dans les vitrines ou dans les revues à la mode. C'était l'époque où Maud Branscombe faisait scandale en s'affichant dans une composition photographique intitulée *Le rocher des Âges*, où elle était représentée attachée à la sainte Croix.

– A-t-on jamais vu chose pareille! s'était exclamée tante Eleanor. Je ne comprends pas pourquoi l'archevêque n'a pas protesté!

Toutes ces photographies étaient en vente pour moins d'un shilling. Cassandra s'était fort amusée lorsque son père lui avait montré des portraits de Mme Langtry, qu'il conservait dans un tiroir fermé à clef.

– Voilà le genre de pose que je voudrais que tu prennes chez le photographe.

– Elle a l'air bien jolie, papa!

– Ce n'est pas nécessaire d'en parler à ta mère... Je voulais simplement te faire voir quel genre de photos j'aime, pour que tu...

– Je comprends, papa.

Sur ce, sir James s'était empressé de refermer le tiroir.

– La photographie va devenir un nouvel art, avait-il ajouté. Ce qui n'empêchera pas le premier imbécile venu de se prétendre photographe pour peu qu'il possède un appareil!

Tous ces souvenirs défilaient à présent dans la mémoire de Cassandra au rythme des pages qui tournaient, tandis qu'elle feuilletait à nouveau ses albums oubliés.

Elle relut un article sur *Alchester Park*, qui avait paru dans l'*Illustrated London News*. On n'avait aucune peine à imaginer, en lisant ces lignes, la splendeur de cette propriété, l'une des plus belles d'Angleterre. Dominant un immense domaine, berceau ancestral des ducs d'Alchester, le château, construit sous le règne d'Elisabeth Ire, avait accueilli presque tous les souverains de Grande-Bretagne. Cassandra mesurait une fois de plus le prestige que représentait le nom d'Alchester.

Puis, elle s'attarda sur les portraits du jeune duc. Il n'était plus aussi mince ni aussi élancé que lorsqu'il était capitaine de l'équipe d'Eton, mais ses cheveux étaient toujours aussi bruns et drus. Et même sur les photos les plus récentes, ses yeux avaient toujours le regard pénétrant qu'elle lui avait connu.

Elle se plaisait à se rappeler toutes ces choses; mais sa décision était inébranlable: elle ne l'épouserait pas!

« Je préférerais encore un homme pour lequel je n'éprouve aucun sentiment », se dit-elle.

Elle était toujours amoureuse de lui, plus que jamais peut-être. Mais l'idée que sa tendresse ne serait pas payée de retour l'affolait. Elle ne pouvait s'imaginer dans les bras d'un homme qui ne l'aimerait que par devoir. « Me toucher, m'embrasser, me faire l'amour, par devoir? Non! Je ne le supporterais pas! »

Elle referma l'album d'un geste brusque et le

replaça dans son tiroir secret, d'où elle retira un autre livre, rouge celui-là : son journal intime. Sir James le lui avait offert quand elle était encore enfant.

– Tu grandis, lui avait-il dit, dans un monde qui change sans arrêt, un monde dans lequel ce que tu connaîtras sera différent de ce que nous avons vécu par le passé. Chaque jour, de nouvelles inventions, des découvertes extraordinaires, des pensées neuves bouleversent notre monde. Ecris donc sur tous ces sujets. Tu auras ainsi la joie, lorsque tu seras bien vieille, de retrouver le fil de ta propre histoire. J'ai toujours regretté, pour ma part, de n'avoir pas tenu de journal.

Cassandra, qui suivait toujours les conseils de son père, s'était donc mise à écrire chaque jour. Elle y consacrait un moment chaque soir, avant d'aller se coucher. A présent son journal comprenait déjà plusieurs volumes qu'elle entourait du plus grand secret. Personne n'était autorisé à les regarder. Exceptionnellement, elle acceptait d'en lire certains passages à son père lorsqu'il s'agissait d'un événement particulier. Il admirait d'ailleurs beaucoup sa perspicacité et son instinct.

Mais ce soir, Cassandra se sentait trop fatiguée pour rédiger de longs paragraphes et, après avoir griffonné quelques phrases, elle décida d'aller se coucher.

Ses cheveux flamboyants, soigneusement brossés par Hannah, ondulaient voluptueusement. De longs cils presque noirs soulignaient ses yeux d'un bleu profond.

Arrivée devant sa glace, elle s'arrêta. Mais son esprit était ailleurs. « Il faut que je le voie d'abord, se dit-elle, pour être sûre de moi avant d'inquiéter papa. » Puis elle se regarda d'un œil critique.

– Ce n'est pas juste ! avait protesté une de ses amies. Je passe des heures à me noircir les cils lorsque maman ne me surveille pas, et les tiens sont plus noirs que l'encre!

– Je te jure que je ne fais rien pour cela! avait répondu Cassandra en riant.

– Je le sais bien! C'est justement ce qui est injuste! Sans aucun artifice, tu as l'air parée pour une pièce de théâtre!

Cassandra se souvenait encore du ton un peu envieux sur lequel son amie avait dit cela. Puis, tout à coup, comme frappée par une illumination, elle se rappela ses derniers mots: « Parée pour une pièce de théâtre! »

« C'est vrai », se dit-elle. C'était même ce que les gens plus âgés lui reprochaient. « Elle est ravissante, tout à fait ravissante, disaient les douairières, mais beaucoup trop théâtrale à mon goût! »

« Parée pour une pièce de théâtre. »

Cassandra répétait ces mots. Elle aimait se raconter des histoires et se mettre en scène dans des aventures étranges avant de s'endormir. Il lui arrivait même de se prendre pour une actrice du *Gaiety*. Elle imaginait parfois que, devenue pauvre, elle allait à Londres et demandait une place dans le chœur à George Edwards. « Vous êtes beaucoup trop jolie pour cet emploi, ma chère! lui répondait-il. Je vais vous donner un vrai rôle et on verra bien si le public vous apprécie. »

Dans son esprit, elle voyait la salle crouler sous les applaudissements. Venait ensuite la longue file de ses admirateurs, en habit et chapeau haut de forme, qui l'emmenaient souper dans quelque endroit à la mode. Bien entendu, celui qu'elle avait choisi pour l'accompagner n'était autre que le duc d'Alchester.

Un rêve d'enfant, pensait-elle, mais qui la hantait fréquemment. Après tout, pourquoi ne pourrait-elle pas entrer en compétition avec les filles du *Gaiety?* Pourquoi n'aurait-elle pas droit elle aussi à tous les plaisirs et à tous les hommes? A moins qu'elle ne s'intéresse vraiment qu'à un seul homme? Un million de questions auxquelles il lui était impossible de répondre se pressaient dans sa tête. Elle se rendait compte que tous ces rêves insensés d'adolescente l'avaient envahie au point de se substituer à la réalité.

C'était fou! Complètement fou! C'était une audace dont elle ne se croyait pas vraiment capable; et pourtant, elle était aujourd'hui bien décidée à rencontrer le duc sur son propre terrain! Elle voulait le voir tel qu'il était et non dans son rôle de prétendant officiel.

« Je le ferai! Il faut que je le fasse! se dit-elle avec un regard de défi à son image. Je ne laisserai pas papa se bercer d'illusions plus longtemps. Je n'obéirai pas à ses plans si je n'en ai pas envie! »

Elle arpentait sa chambre, trop nerveuse pour s'endormir sans avoir d'abord mis les choses au point dans son esprit.

« Supposons, se dit-elle, que le duc me plaise plus que jamais? Eh bien, tant pis! Ça ne changera rien. Mais si son cœur est pris ailleurs, je ne veux pas devenir sa femme! » Et pourtant saurait-elle être assez forte pour refuser d'épouser celui qu'elle aimait? Assez forte pour se détourner de lui, alors qu'il lui offrait le mariage, simplement parce qu'elle ne supporterait pas l'humiliation d'aimer sans être aimée en retour? Mais oui, car elle se savait trop orgueilleuse pour l'accepter.

Tout ce qui lui restait à faire, maintenant, c'était de passer à l'action. Elle irait à Londres, ainsi qu'elle l'avait décidé. L'excuse qu'elle avait trouvée pour expliquer son voyage était parfaite. Et de toute façon, elle ne rencontrerait pas le duc sous le nom de Cassandra Sherburn; elle se ferait passer pour une actrice, une de ces femmes qui l'attiraient tant. Elle serait gaie, drôle, rayonnante, tout ce qu'il n'avait pas l'habitude de trouver parmi les filles guindées de la bonne société, qui ne recherchaient sa compagnie que pour son nom.

Comme dans un puzzle, les pièces se mettaient en place les unes après les autres, formant une sorte de tableau dont elle était le maître d'œuvre. Elle pensait que Lily Langtry serait le meilleur des passeports pour la faire entrer dans cette société superficielle et brillante dans laquelle elle avait envie de pénétrer. Elle imaginait l'affection de son père pour cette actrice comme un simple flirt. Dans son univers protégé, il n'était jamais question d'amour physique. Mais elle comprenait que son père, si élégant, si charmant, si viril, pouvait trouver pénible parfois d'être attaché à une infirme et qu'il ait envie de prendre un peu de bon temps à Londres et d'emmener danser quelque jolie femme.

Dans le Yorkshire, sir James passait pour le meilleur des maris; on le considérait comme un homme intègre, conscient de ses responsabilités, et qui s'était assuré une position de premier ordre dans le comté. Il était d'ailleurs fort respecté par tous ceux qui le connaissaient, et ce qu'il faisait à Londres ne regardait personne!

Quand il s'y rendait de temps à autre, à l'occasion de courses de chevaux ou de ventes à Tattersall, il ne partageait pas toujours ses soirées avec sa belle-sœur à Park Lane, ou des hôtes officiels. Si, à son retour, un flot d'enveloppes parfumées ou de télégrammes pressants lui étaient adressés, lady Alice et Cassandra se regardaient d'un air complice. Il arrivait pourtant que, lors d'une absence prolongée de son père, Cassandra trouvât sa mère plus nerveuse que de coutume. Mais en général, lady Alice ne se plaignait pas, et en tout cas jamais devant son époux. Au contraire, elle se faisait aussi belle que possible lorsqu'il y avait des invités, à tel point que Cassandra s'entendait souvent dire:

– On finit par oublier que votre mère est paralysée. Elle est si courageuse qu'elle donne l'impression de mener une vie tout à fait normale.

– Nous ressentons la même chose, mon père et moi, répondait Cassandra.

Mais rien ne pouvait dissimuler le soulagement qui se lisait sur le visage de lady Alice lorsque sir James rentrait de Londres!

– Vous ai-je manqué, ma chérie? demandait-il.

– Vous savez bien que chaque fois que nous sommes séparés je suis comme plongée dans le vide absolu.

Cassandra avait les larmes aux yeux lorsqu'elle voyait sa mère exprimer ainsi son émotion. « C'est cela l'amour, se disait-elle. Il existe dès que l'on sait sacrifier ses propres sentiments pour rendre l'autre heureux! Mais maman n'a rien à craindre. Papa l'aime de tout son cœur. »

Ce serait tout autre chose entre le duc et elle-même: ce genre de sacrifice n'obéirait qu'aux convenances, non à l'amour! Aussi, si son plan échouait, si elle devait apprendre que le cœur du duc brûlait pour une autre, alors elle braverait la colère de son père et refuserait le mariage, quelles qu'en soient les conséquences.

Enlevant son déshabillé de soie, elle se glissa dans son lit.

– Je vais lui donner une chance, dit-elle à haute voix. Je vais m'imposer un handicap, ce sera plus honnête, étant donné ce que j'ai l'intention de faire.

Elle s'efforça de sourire en prononçant le mot de handicap, qui appartenait au jargon des courses, mais ce n'était qu'une piètre grimace. Puis elle plongea la tête dans son oreiller et se mit à échafauder toutes sortes de plans.

Dans le train qui l'emmenait à Londres, Cassandra revint une bonne douzaine de fois sur le stratagème qu'elle avait arrêté; le bruit des roues semblait rythmer sa pensée. « Ce n'est pas bien! ce n'est pas bien! ce n'est pas bien! » faisaient les essieux en grinçant.

N'était-ce pas une mauvaise action d'abuser ainsi de la confiance de ses parents?

– Achète tout ce que tu désires, ma chérie, lui avait dit sa mère. Je suis persuadée qu'à Bond Street tu trouveras les plus jolies robes du monde.

– J'essayerai de faire pour le mieux, maman. Vous savez bien que nous avons les mêmes goûts.

– Reviens dès que possible!

– Je vous le promets! Et je vous raconterai tous les commérages de tante Eleanor.

– A ta place, je ne lui dirais pas que le duc va venir à la maison. Tu sais qu'elle est incapable de garder un secret!

– Je ne m'y risquerai pas! On en parlerait dans tout Mayfair moins d'une demi-heure plus tard!

– Si tu as besoin d'argent, avait ajouté sir James, il te suffira de tirer un chèque sur la Coutts Bank; ils te feront tout le crédit que tu voudras.

Cassandra embrassa son père et se précipita dans la voiture où Hannah l'attendait déjà, toujours un peu bougonne. Enfin les chevaux s'ébranlèrent et Cassandra agita la main jusqu'à ce que son père fût hors de vue, puis elle s'adossa confortablement à son siège.

– Hannah, s'écria-t-elle, nous voilà parties pour la grande aventure!

La vieille servante la regarda, soupçonneuse.

– Que voulez-vous dire par là, mademoiselle Cassandra?

– Que tu vas m'aider à faire une chose scandaleuse!

– Ne comptez pas sur moi! Si vous avez l'intention de vous conduire mal, je retourne tout de suite chez Madame.

Cassandra éclata de rire.

– Hannah ! tu sais bien que j'adore te taquiner ! Tu prends toujours tout ce que je dis pour argent comptant. Ce que je m'apprête à faire n'a rien de vraiment choquant ! Mais j'ai besoin de ton aide.

– Je ne ferai rien que Madame désapprouverait !

Mais Cassandra savait bien qu'elle pouvait faire confiance à Hannah, qui l'avait toujours soutenue, même dans les situations les plus délicates.

Bien que le voyage de Londres fût assez long, Cassandra ne vit pas passer les heures. Elle agençait son plan, mettant en place chaque détail.

Son père l'avait souvent traitée de garçon manqué. Comme il n'avait pas de fils, il avait pris l'habitude de lui parler de ses affaires. Il débattait avec elle de questions qu'il livrait ensuite à son conseil d'administration et parfois même il lui demandait conseil sur un problème un peu complexe. Grâce à lui, elle avait appris l'importance des petits détails. « Le plus petit maillon de la chaîne peut provoquer un désastre ! » avait-il l'habitude de dire.

Dans l'affaire qui la concernait, cette remarque prenait toute son importance : si le moindre accroc se produisait, c'en était fini de ses projets.

Hannah trouvait sa jeune maîtresse bien calme et la regardait avec quelque inquiétude. Elle était si habituée à ses bavardages que ce sérieux lui paraissait de mauvais augure.

Lorsqu'elles arrivèrent enfin à Park Lane, Cassandra ne put s'empêcher de sourire en reconnaissant les fenêtres du rez-de-chaussée donnant sur Hyde Park. Cette demeure était le confort même. Sir James avait même fait installer l'électricité, ce qui, à l'époque, était exceptionnel. Il y avait également le téléphone, invention récente qui n'était proposée au public que depuis quelques années.

Dans sa jeunesse, lady Fladbury avait été fort jolie. Avec l'âge, elle s'était épaissie et, à soixante ans, elle n'était plus une femme alerte.

– Je me demandais quand tu allais te décider à me rendre visite, dit-elle lorsque sa nièce entra dans le salon. Tu n'imagines pas combien j'ai été ravie, ce matin, de recevoir le télégramme de ton père!

– C'est une joie de vous voir, tante Eleanor. Je suis venue à Londres faire quelques emplettes. Mais, rassurez-vous, j'ai reçu aussi un certain nombre d'invitations. Je ne serai pas pour vous un trop lourd fardeau.

– Comme si tu l'étais jamais! A ce propos, dois-je décommander la partie de bridge prévue pour demain soir?

– Surtout pas, ma chère tante, je vous en prie. Ne changez rien à ce que vous aviez prévu. Mon emploi du temps est très chargé et je vais être occupée jusqu'à mon départ. En vérité, je suis même navrée d'avoir si peu de temps à vous consacrer. J'espère que vous ne vous en offenserez pas.

– Non, bien sûr! Tout ce que je souhaite, c'est que ton séjour soit agréable.

Cassandra savoura le délicieux chocolat que le maître d'hôtel venait de déposer sur un guéridon à côté d'elle.

– Racontez-moi les derniers potins, tante Eleanor. Vous savez que, dans les déserts du Yorkshire, nous n'avons connaissance des scandales que lorsqu'ils sont complètement passés de mode.

Lady Fladbury ne put s'empêcher de rire.

– Je n'en crois rien, dit-elle.

Mais elle s'empressa de lui raconter les dernières rumeurs qui couraient dans les salons.

– Vers qui vont les faveurs du prince de Galles?

– Vers beaucoup trop de jolies femmes pour que je puisse te les énumérer, répondit lady Fladbury. En tout cas, une chose est certaine: depuis Mme Langtry, les amies de Son Altesse Royale, même lorsqu'elles sont actrices, sont reçues dans la meilleure société!

– Une couronne peut faire des merveilles! Cela dit, je ne vois aucune raison pour qu'une actrice soit traitée en paria!

Lady Fladbury était sur le point de répondre, mais elle changea d'avis et préféra détourner la conversation:

– Et toi, Cassandra? Tu n'as toujours pas de projet de mariage?

– Jusqu'à présent, non! Personne n'a encore capturé mon cœur.

– Je suis surprise que James n'ait pas quelqu'un en vue! dit-elle, songeuse. Lorsque tu étais enfant, il espérait que tu épouserais un prince. Voilà que tu as plus de vingt ans! Si cela continue, tu resteras vieille fille!

– Je n'en suis pas encore une! protesta Cassandra.

– J'ai une longue liste de jeunes gens qui seraient ravis de rencontrer une personne aussi ravissante et intelligente que toi. Je pense d'ailleurs que ton père a l'intention de t'amener à Londres pour la Saison. Comme il ne m'a pas demandé d'intercéder pour toi à Buckingham Palace, j'imagine qu'il a fait la demande lui-même...

– Sans doute... La dernière présentation n'aura lieu que fin mai; cela nous laisse encore beaucoup de temps.

– Si cela devait se faire, je pense quand même qu'il t'en aurait parlé.

– Peut-être n'a-t-il pas encore reçu de réponse. De toute manière, je suis trop vieille maintenant pour être une débutante.

– Sottise! Il faudra bien que tu sois présentée tôt ou tard! En tout cas avant ton mariage.

– A condition que je trouve un mari! D'après ce

que j'ai entendu dire, les célibataires ne s'occupent que des filles du *Gaiety*. Existe-t-il encore un cœur qui ne batte pour personne, dans l'aristocratie?

– Plus d'un!

Cassandra prit une grande inspiration. Il lui fallait continuer si elle voulait obtenir l'information qui lui tenait à cœur.

– Et... que savez-vous du fils de cet ami de papa, le duc d'Alchester?

Elle avait essayé de dire cela sur le ton le plus naturel possible.

– Cet hiver, on l'a beaucoup vu en compagnie d'une actrice dont je n'arrive pas à me rappeler le nom. Je ne pense pas qu'il s'agissait d'une liaison sérieuse, mais il ne fait aucun doute qu'il est, lui aussi, un fervent admirateur des *Gaiety Girls*. Lady Lawry disait encore la semaine dernière qu'il refusait toutes les invitations venant de la bonne société.

– Pensez-vous qu'il irait jusqu'à épouser une actrice?

– Je n'en serais pas surprise. Lady Lawry prétend que les hommes qui se laissent séduire par ces créatures peintes n'ont plus toute leur tête.

– C'est peut-être là... l'explication, murmura Cassandra.

3

Le lendemain, Cassandra se réveilla de bon matin. Elle se leva, ouvrit les rideaux, s'assit à son bureau et prit la lettre que son père lui avait donnée pour Mme Langtry. Après avoir longuement regardé l'enveloppe, elle se décida à l'ouvrir.

« Chère et délicieuse Lily, je suis, comme tous ceux qui vous aiment, ravi et touché par l'immense succès que vous rencontrez des deux côtés de l'Atlantique. Je vous ai vue dans *Péril*. Vous y étiez non seulement éclatante, mais plus belle que jamais, si toutefois c'est possible.

« Je vous écris ce petit mot pour vous recommander ma fille, dont je suis très fier: comme tout le monde, elle rêve de faire la connaissance de la femme la plus séduisante du siècle. Je sais que vous la recevrez avec la plus grande gentillesse et je vous en suis reconnaissant à l'avance, comme je vous suis reconnaissant de celle que vous m'avez toujours témoignée.

« À vos pieds, comme toujours,

« Votre affectionné,

« James. »

Cassandra avait parcouru ces lignes avec la plus grande attention. Elle en trouva le ton un peu outrancier, mais c'était sans doute ce que pouvait attendre une femme comme Mme Langtry. Sans réfléchir davantage, elle se mit à recopier cette lettre sur une feuille de papier armorié exactement semblable, qu'elle avait eu soin d'emporter avec elle, en imitant l'écriture de son père.

Après le premier paragraphe, elle avait modifié le texte comme suit :

« ... pour vous recommander Sandra Standish, jeune actrice dont le père est un vieil ami à moi et vous demander une faveur : elle vous a voué un véritable culte ; mais, mis à part le grand honneur qu'elle aurait à vous connaître, elle vous serait profondément obligée si vous acceptiez de la présenter au jeune duc d'Alchester.

« C'est un service que je pourrais aisément lui rendre moi-même, mais il m'est impossible d'aller à Londres pour le moment. Ainsi donc, ma chère Lily, je vous confie Mlle Standish, et lorsque nous nous reverrons, j'aurai donc une dette de plus envers vous. »

Cassandra déchira en petits morceaux la vraie lettre ainsi que ses différents brouillons, et, prise d'une idée subite, alla vers sa coiffeuse où se trouvait rangé son coffret à bijoux. Elle en retira une boîte en cuir dans laquelle reposait, sur un coussinet de velours, une superbe étoile en diamants. C'était un des rares cadeaux de son père qu'elle n'avait pas appréciés. Le bijou était surchargé, les diamants trop gros, la monture trop voyante. Mais elle se rendait bien compte qu'il s'agissait d'un objet de valeur. Ce serait un présent idéal pour Mme Langtry. Cassandra avait été frappée par le nombre des bijoux de prix qu'on lui attribuait et dont les journaux faisaient une description détaillée. L'histoire de son ascension sociale, depuis le moment où elle était arrivée à Londres en compagnie de son mari avec une petite robe noire pour tout vêtement, avait été racontée mille fois.

« Elle est si belle, sûrement, qu'on doit mourir d'envie de lui faire des cadeaux », se dit Cassandra sans chercher plus loin. D'ailleurs, son père avait dû largement contribuer à cette fortune en bijoux qui avait ébloui l'Amérique.

Elle ajouta un post-scriptum à la lettre qu'elle venait d'écrire:

« Pour moi vous serez toujours l'étoile la plus étincelante de l'univers. »

Lorsque Hannah entra pour réveiller sa jeune maîtresse, elle eut la surprise de la trouver déjà habillée.

– Pourquoi n'avez-vous pas sonné, mademoiselle Cassandra?

– Je n'ai pas voulu te déranger. Mais dès que tu seras prête, nous sortons!

– A cette heure-ci de la matinée?

– Oui, j'ai un tas de choses à faire! Je suis certaine que tu n'as pas envie de rester à Londres plus longtemps que nécessaire.

Elle savait que c'était le meilleur argument possible: Hannah, en effet, détestait la « maison de la ville », et n'avait qu'un désir: retourner aux *Towers*.

Mais Cassandra dut supporter un petit déjeuner qui dura deux heures avant de pouvoir prendre congé de sa tante sans paraître impolie. Lady Fladbury avait tout un répertoire de cancans concernant les différentes personnalités en vue dont parlaient les journaux. Cassandra ne pouvait jamais placer un mot. Elle voulait obtenir de sa tante, sans en avoir l'air, certaines informations utiles. Finalement, elle réussit à orienter la conversation comme elle l'entendait:

– J'aimerais aller au théâtre pendant mon séjour à Londres. Que pensez-vous de la nouvelle pièce dans laquelle joue Mme Langtry?

– Elle est assez amusante, répondit lady Fladbury. A mi-chemin entre la comédie et le drame, adaptée du français par Coghlan. Elle s'intitule: *Les Ennemis*.

– Et c'est une bonne pièce?

– Le second acte se termine par la strangulation d'une jeune fille de la campagne. Le meurtrier, un jeune idiot sourd et muet, commet son crime dans un accès de passion. Si cela peut te plaire...

Cassandra sourit.

– Je dois reconnaître, poursuivit sa tante, que Mme Langtry joue très bien. Avec sa délicatesse habituelle. Chacun s'accorde à dire que c'est le meilleur rôle qu'elle ait jamais interprété.

– J'aimerais beaucoup y aller.

– Bien entendu, le prince de Galles a assisté à la première!

– J'imagine que les costumes de Mme Langtry sont superbes!

– Evidemment! Depuis qu'elle n'a plus à les payer, elle peut se permettre de choisir ce qu'on fait de mieux.

– La direction du théâtre pense sans doute que ces frais supplémentaires sont la meilleure des publicités. Où achète-t-elle donc ses robes?

– La plupart viennent de chez Worth, ou encore de chez Doucet à Paris. Redfern, de Conduit Street, le couturier de la princesse de Galles, est également un de ses fournisseurs, je crois.

– Je suis souvent allée chez Redfern, murmura Cassandra.

– As-tu entendu parler de cette histoire avec Alfred de Rothschild? Il désirait lui offrir une robe de chez Doucet; mais Mme Langtry a également commandé des jupons assortis. Alfred de Rothschild lui a renvoyé la facture en disant qu'il lui avait simplement offert une robe et qu'il voulait tout ignorer de ses dessous.

Cassandra se mit à rire. Elle ne voulait pas montrer

à sa tante combien elle était encore ignorante de certaines choses. Elle trouvait bien étrange que Mme Langtry permette à un homme de lui offrir des robes...

– Elle doit faire beaucoup d'envieuses parmi les autres actrices! Où se procurent-elles leurs robes?

– Dans des magasins beaucoup plus ordinaires et bien meilleur marché. Bien sûr qu'elles doivent l'avoir sur le cœur! Je me suis pourtant laissé dire que Chasemore avait beaucoup fait pour le *Gaiety*. Je n'ai pas vu la nouvelle pièce, mais on raconte qu'il aurait offert tous les costumes.

Cassandra savait enfin tout ce qu'elle désirait savoir.

– Je dois me sauver maintenant, tante Eleanor. Je fais attendre les chevaux et vous savez combien papa déteste cela.

C'était une excuse sans réplique. Cassandra s'enfuit aussi vite que la bienséance le permettait et rejoignit Hannah qui l'attendait dans le vestibule.

Elle donna au cocher une adresse dans Piccadilly. La journée était froide et le vent soufflait en rafales. Cassandra était heureuse d'avoir pensé à enfiler une veste de fourrure.

– Où allons-nous, mademoiselle Cassandra?

– Faire des achats. Ne t'étonne pas, Hannah, de ce que je vais acheter. Nous commençons l'aventure dont je t'ai parlé.

Durant toute la matinée, Cassandra essaya des robes qui, d'après Hannah, ne plairaient certainement pas à sa mère.

– Vous devez avoir perdu la tête, mademoiselle Cassandra! s'écria-t-elle sur un ton horrifié lorsque la couturière partit à la recherche de la retoucheuse.

De fait, la robe que Cassandra venait de choisir n'avait rien à voir avec ce qu'elle portait d'habitude, parfaitement coupé et d'une élégance tout à fait parisienne. Celle qu'elle essayait à présent était terriblement voyante et tape-à-l'œil, théâtrale même.

– Pour l'amour de Dieu, mademoiselle Cassandra, pourquoi gaspiller votre argent pour cette camelote?

– J'ai mes raisons! répondit Cassandra, énigmatique. De quoi ai-je l'air, Hannah? Je veux que tu me dises la vérité!

– Vous ressemblez à une actrice de music-hall. Si votre père vous voyait!

– Merci, Hannah. C'est exactement ce que j'avais envie d'entendre.

Cassandra ne prêta aucune attention à ses protestations véhémentes et continua d'acheter, à la grande joie de la vendeuse.

– Nous faisons de très jolies robes pour Mlle Sylvia Grey, affirmait celle-ci.

– Elle joue à *Little Jack* ou au *Gaiety Theatre*, n'est-ce pas?

– C'est exact. D'ailleurs, une de ses robes, assez semblable à celle que vous portez maintenant, a été décrite dans de nombreux journaux. Mais celle qui a le plus de succès, c'est Nelly Farran. Tout ce qu'elle porte lui sied à merveille. A propos de la robe que nous lui avons faite, elle prétend qu'elle n'en a jamais eu d'aussi seyante.

Puis, la vendeuse recommanda la modiste qui avait fait les chapeaux des actrices de *Little Jack*, et Cassandra acheta les chaussures et les sacs qui complétaient les tenues qu'elle venait d'acquérir.

Hannah finit par se plaindre que l'heure du déjeuner était passée depuis longtemps.

– Vous allez tomber d'inanition si vous ne mangez pas quelque chose, mademoiselle Cassandra. Allons, venez à présent! Vous avez déjà dépensé assez d'argent. Pour du gaspillage, c'est du gaspillage!

Je vous vois mal dans une de ces défroques vulgaires!

– Eh bien! tu vas être surprise, Hannah!

Elle fit emballer une robe et une cape, et demanda qu'on lui livre les autres achats le soir même ou, au plus tard, le lendemain matin.

Elle fit ensuite arrêter la voiture devant le magasin *Clarksons*. Hannah, atterrée, s'écria:

– Un marchand de perruques de théâtre! Vous n'allez quand même pas acheter une perruque, mademoiselle Cassandra! Si vous faites cela, je vous promets que je rentre tout droit dans le Yorkshire.

– Mais non! Je cherche tout autre chose. Tu n'as pas besoin d'entrer, Hannah. Je m'arrangerai très bien toute seule.

Une fois dans le magasin, elle se dirigea vers les accessoires de maquillage qu'utilisent les acteurs et les actrices et qu'on ne vend pas dans les boutiques qu'elle avait l'habitude de fréquenter. Après avoir acheté plusieurs articles, elle revint à la voiture.

– Je veux savoir ce qui se passe! s'écria Hannah. Si vous avez besoin de mon aide, mademoiselle Cassandra, je dois connaître la vérité.

Mais Cassandra n'avait aucune envie de lui dévoiler ses plans et elle se contenta de réponses évasives.

Elles arrivèrent enfin à Park Lane. Lady Fladbury ne sembla pas s'intéresser à ce que sa nièce avait fait durant la matinée. Elle préférait raconter à Cassandra les derniers potins, ce qu'elle fit durant tout le déjeuner.

– Cela ne vous ennuie pas, tante Eleanor, de vivre seule?

Cassandra pensait que sa tante devait se sentir un peu abandonnée et que c'était la raison pour laquelle, lorsqu'elle se trouvait en compagnie, elle ne cessait de parler.

– Je n'ai jamais été aussi heureuse de ma vie! répliqua-t-elle avec sincérité. En vérité, ma chère Cassandra, par le passé, je n'ai jamais eu un moment pour m'occuper de moi. Mon mari était très exigeant. Quant à mes enfants, ils s'attendaient toujours à ce que je fasse tout pour eux, et jamais ce qui me plaisait! C'est le lot de toutes les femmes! Quelqu'un m'a dit un jour: « Le mieux dans la vie, c'est d'être née veuve et orpheline. » Je pense qu'il y a là du vrai... à condition d'être née riche également!

– C'est votre cas maintenant.

– Je ne suis pas riche, mais, grâce à ton père, je vis confortablement. J'ai de nombreux amis à Londres et, aussi longtemps que je serai capable de m'asseoir à une table de bridge, il n'y aura pas de femme plus comblée que moi.

– J'en suis ravie, tante Eleanor.

– J'imagine que si j'étais un bon chaperon, je devrais te demander pourquoi tu sembles si affairée. Mais je ne vais pas te poser ce genre de question.

– Merci, tante Eleanor. Ce que l'œil ne voit pas, le cœur ne peut s'en affliger!

Cassandra se leva de table et vint embrasser sa tante.

– Vous avez toujours été si adorable avec moi, tante Eleanor. Vous ne pouvez savoir combien je vous en sais gré!

– Tu es en train de manigancer quelque chose, je le sens! s'écria lady Fladbury en riant. C'est bon. Garde ça pour toi! Chacun a droit à ses petits secrets!

Dans l'après-midi, au lieu de se rendre de nouveau dans les magasins, comme le craignait Hannah, Cassandra se dirigea vers une agence de location à St. James.

– Pourquoi nous arrêtons-nous ici?

– Attends-moi dans la voiture, dit Cassandra qui disparut avant que Hannah ait pu répondre.

Fort élégant lui-même, l'agent qui la reçut fut très impressionné par Cassandra et sa fourrure de prix.

– Je cherche un appartement à louer pour une de mes amies actrices.

– Pour une actrice? s'exclama l'agent immobilier, très étonné.

Il devait trouver étrange qu'une personne comme elle puisse avoir des rapports avec une femme d'un milieu si peu recommandable.

– C'est une jeune première, expliqua Cassandra d'une voix suave. Du même genre que Mme Langtry. Elle désire habiter le West End, près du théâtre, mais dans un immeuble bien fréquenté.

– Je comprends, madame. Malheureusement, tous les propriétaires n'acceptent pas de louer un appartement à des actrices.

– J'imagine que c'est parce qu'elles oublient de payer leur loyer, répondit Cassandra, le sourire aux lèvres. Mais mon amie m'a demandé de vous verser deux mois d'avance. Cela devrait les rassurer, non?

– Bien sûr, bien sûr. Cela facilitera les choses.

Il ouvrit un grand registre, qu'il consulta en fronçant les sourcils. Son embarras était dû sans doute au petit nombre de locations qu'il avait à proposer.

– Voyez-vous, dit-il enfin, nous n'avons pas l'habitude de consigner sur nos registres les appartements qui sont loués à ce genre de personne.

– Je vois, répondit Cassandra. Mais je me souviens que Mme Langtry a occupé, un temps, un appartement dans Albany. N'avez-vous rien dans ce quartier?

– Malheureusement, non. En revanche, il y a un appartement libre dans Bury Street. Je pense qu'il pourrait faire l'affaire. Mlle Kate Vaughan a habité le premier étage avant son mariage.

– Une personne tout à fait respectable à présent! Je crois qu'elle a épousé le neveu du duc de Wellington?

– C'est exact, madame. D'ailleurs, même lorsqu'elle était encore à la scène, on aurait pu recommander Mlle Vaughan à n'importe quel propriétaire.

– Je suis ravie de l'entendre. Je n'aimerais pas que mon amie se sente mal à l'aise en arrivant à Londres, ou qu'elle ait l'impression de ne pas être la bienvenue!

– Je suis persuadé, madame, que nous pourrons la satisfaire. Que pensez-vous de l'appartement de Bury Street?

– Combien a-t-il de pièces?

– Deux chambres, un salon et une petite cuisine.

– Cela me paraît convenir.

– Il a été occupé également par une personnalité importante de la vie théâtrale. Aussi, je suis certain que le mobilier sera du goût de votre amie.

– J'aimerais le visiter, répondit Cassandra.

Il se trouvait non loin de là. Cassandra s'y rendit en voiture avec Hannah à qui elle recommanda de ne pas ouvrir la bouche devant l'agent immobilier. Celui-ci, qui suivait à pied, les rejoignit, un peu essoufflé, et les conduisit au deuxième étage. Quand il leur ouvrit la porte de l'appartement, Cassandra faillit éclater de rire.

L'endroit était encore plus clinquant et théâtral qu'elle ne l'avait imaginé. Les meubles étaient nombreux, mais d'un goût effroyable. Les divans et les fauteuils étaient tapissés de brocart bleu vif, et garnis de coussins roses brodés de fils d'argent ou de perles. Les murs étaient couverts de chromos bon marché, représentant pour la plupart des vues de Rome, de photos d'acteurs et d'une demi-douzaine d'affiches de music-hall où la vedette était toujours la même. Il n'était pas très difficile de deviner qui occupait l'appartement.

– Où est la locataire? demanda Cassandra.

– En Australie où elle fait une tournée. C'est son... ami... qui m'a demandé de lui trouver une remplaçante jusqu'à son retour.

La chambre était encore plus incroyable que le salon; là, les rideaux rose bonbon étaient retenus par des angelots dorés. Le lit en cuivre était drapé d'un tissu de la même couleur, qui descendait d'un baldaquin décoré de fleurs artificielles. On apercevait partout des nœuds, des glands, des franges, et les murs disparaissaient derrière d'immenses glaces.

– La locataire doit éprouver beaucoup de plaisir à se regarder, remarqua Cassandra naïvement.

Elle ne vit pas l'éclair d'amusement dans l'œil de l'agent immobilier.

– Je le prends, déclara-t-elle sous l'œil horrifié d'Hannah.

Elle régla deux mois de loyer d'avance comme elle l'avait promis et se fit remettre les clefs. Le portier l'avertit que sa femme se faisait payer à l'heure pour nettoyer l'appartement.

– Vous comprenez, Ma'm, il lui faut rester plus longtemps quand c'est plus sale.

– Mais oui, répondit Cassandra. Mon amie sera tout à fait d'accord.

– Va-t-elle venir s'installer immédiatement? demanda l'agent immobilier.

– Elle devrait arriver du Nord ce soir. Elle sera en tout cas là demain. Je vous suis reconnaissante de lui avoir trouvé un logement. Elle a tellement horreur de l'hôtel!

– Je la comprends, approuva l'agent avec sympathie.

Il était ravi de s'être débarrassé de cet abominable appartement. Il ne s'en serait jamais occupé si l'« ami » en question n'avait été quelqu'un de si important. Cassandra prit congé de lui et, toujours accompagnée d'Hannah, s'en retourna à Park Lane.

– Et maintenant, mademoiselle Cassandra, allez-vous m'expliquer ce que veut dire tout cela? Je n'ai jamais rien vu d'aussi horrible! Ce n'est pas du tout convenable pour une personne de votre qualité!

– C'est pour mon amie, qui est actrice.

– Et qui ça? Vous n'avez jamais eu, à ma connaissance, d'amis acteurs. De toute façon, Monsieur ne le permettrait pas. Vous le savez aussi bien que moi!

– Elle s'appelle Sandra Standish.

– Sandra? C'est le nom que Monsieur vous donne parfois!

– C'est pourquoi je l'ai choisi comme prénom d'emprunt. Il est si difficile de répondre à un nom auquel on n'est pas habitué!

– Qu'essayez-vous donc de me faire comprendre?

– Que je vais avoir à jouer un rôle. Ne sois donc pas aussi choquée, Hannah! Je ne vais pas me produire sur scène. Je vais simplement jouer le personnage d'une jeune actrice.

– Une actrice?

– J'espère être assez douée pour l'interpréter comme il faut.

– Vous êtes surtout douée pour vous créer des problèmes! Vous n'allez quand même pas habiter là?

– Non, mais je dois avoir une adresse. Et tu m'attendras là le soir, Hannah... au cas où je ne rentrerais pas seule.

– Je ne comprends pas ce qui se trame! Tout ce que je sais, mademoiselle Cassandra, c'est que vous allez vous attirer un tas d'ennuis. Rien de bon ne sortira de tout cela. Souvenez-vous de ce que je vous dis!

– Je m'en souviendrai, répondit-elle tout en priant le Ciel pour qu'il donne tort à Hannah et que son plan réussisse.

Le portier du *Prince's Theatre* eut un mouvement de surprise lorsque, à dix-neuf heures trente, une dame de grande allure et habillée fort élégamment frappa à la vitre de sa loge.

– Qu'est-ce que c'est? demanda-t-il, soupçonneux.

C'était un vieil homme, en poste depuis plus de vingt-cinq ans, que les habitués surnommaient « Vieux Grognon ».

– Je voudrais voir Mme Langtry.

– C'est pas possible, répondit-il; elle voit personne avant la fin de la représentation, et encore, faut montrer patte blanche!

– Je sais que ses admirateurs ne lui laissent pas de répit, répondit la jeune dame. C'est pourquoi je veux la voir maintenant.

– Je vous dis qu'elle voit personne à cette heure!

Cassandra posa la lettre devant lui avec une pièce d'or.

– Voulez-vous dire à Mme Langtry que j'ai un objet de valeur à lui transmettre, que je ne puis confier à personne, pas même à vous.

Vieux Grognon jeta sur la pièce un coup d'œil cupide. Il avait l'habitude de recevoir de l'argent des messieurs en haut-de-forme qui venaient après le spectacle, mais rarement des femmes qui, en général, étaient moins généreuses.

– Je vais voir ce que je peux faire, dit-il en empochant la pièce avec une dextérité qui lui venait d'une longue pratique.

Il disparut avec la lettre par un escalier à rampe de fer.

C'était la première fois que Cassandra franchissait le seuil de l'entrée des artistes, et elle ne trouvait là rien de bien séduisant. Les murs, qui semblaient ne pas avoir été repeints depuis des années, étaient noirs de graffiti. Cela sentait la poussière et la crasse. Et il faisait froid. Resserrant sa cape de velours autour de ses épaules, elle regretta de n'avoir pas mis une fourrure, mais cela aurait paru étrange sur le dos d'une petite actrice inconnue. Elle était impatiente.

« Et si Mme Langtry ne voulait pas me recevoir? » se disait-elle. En fait, elle serait sûrement curieuse de voir l'objet de valeur qu'on lui faisait miroiter, car sir James avait dû se montrer fort généreux dans le passé. Il l'était toujours...

Enfin, elle entendit des pas. Le portier apparut et lui fit signe:

– C'est par là.

Cassandra le suivit dans le couloir, le cœur battant. Plus elle avançait, plus l'endroit paraissait crasseux. Mais lorsqu'elle entra dans la loge brillamment éclairée de Mme Langtry, elle fut éblouie. C'était exactement ce qu'elle avait espéré trouver. Un jour, elle avait lu dans un journal:

Mme Langtry exige que sa loge, quel que soit le théâtre, soit meublée à peu près de la même façon. C'est une des premières choses auxquelles veille son régisseur. La plupart de ses accessoires la suivent lorsqu'elle est en tournée.

La pièce était assez petite. Le seul meuble important était une coiffeuse, en bois laqué, ornée de cupidons et de papillons, festonnée de satin vieux rose et recouverte de mousseline. Le miroir reflétait violemment la lumière électrique. Sur la table, on pouvait voir le costume de scène de Mme Langtry. La brosse, le peigne, le flacon de parfum et le poudrier étaient en vermeil, gravés à ses initiales et incrustés de turquoises. Cassandra remarqua aussi de nombreux vases de fleurs aux quatre coins de la pièce, et un confortable divan qui disparaissait sous des piles de coussins aux dessins variés.

Soudain, sortant de derrière un paravent, Madame Langtry apparut. Elle portait un déshabillé de soie bleue.

A trente-trois ans, elle était belle à couper le souffle. Elle avait des traits dignes d'une déesse grecque et les proportions parfaites d'une statue. Son teint était si délicat, si transparent qu'on aurait juré que sa peau n'était pas faite de la même matière que celle des autres femmes.

– Comme c'est aimable à vous de m'apporter une lettre de sir James Sherburn, dit-elle d'une voix douce et mélodieuse.

Avec un sourire, elle se dirigea vers le divan.

– Venez donc vous asseoir près de moi, mademoiselle Standish. Parlez-moi de vous. Mais, d'abord, vous avez, je crois, quelque chose pour moi?

Cassandra sortit l'écrin qu'elle avait enveloppé dans un papier de soie.

– Sir James m'a demandé de vous remettre ceci en main propre, madame Langtry, et de ne le confier à personne d'autre.

Celle-ci s'en empara vivement et l'ouvrit. L'étoile brilla de tous ses feux.

– Comme c'est joli! s'écria-t-elle.

Elle sortit la broche de l'écrin, l'examina, puis la replaça sur son coussinet de velours.

– Maintenant, dit-elle avec un sourire avenant, j'imagine que vous avez besoin de mon aide. Vous vous produisez à Londres en ce moment?

– Non. Je suis venue dans le Sud pour prendre des leçons de chant. On m'a promis un rôle dans une comédie musicale si je réussis à améliorer ma voix. J'ai l'intention de passer un mois à Londres pour travailler avec un professeur.

– Voilà qui est parfait, approuva Mme Langtry. Sir James me dit que vous avez également très envie de rencontrer le duc d'Alchester?

– Je vous serais très reconnaissante de me présenter à lui, répondit Cassandra.

Mme Langtry la regarda avec curiosité.

– Varro est un de mes bons amis mais... pouvez-vous me dire pourquoi vous avez tellement envie de le connaître?

Cassandra baissa la voix.

– Je dois lui remettre un message de la part... d'un mort!

– Il me sera facile d'arranger une entrevue avec vous. En fait, je dois me rendre ce soir à une réception chez lord Carwen. Je suis pratiquement sûre qu'il y sera. Lord Carwen ne se formalisera pas si vous m'accompagnez. A condition, bien entendu, que vous ne soyez pas engagée de votre côté.

– Non, non, pas du tout. A vrai dire, j'espérais vous voir jouer.

– Un de mes amis a une loge réservée. Installez-vous donc à côté de lui et, ensuite, nous irons ensemble à la réception de lord Carwen.

– Comme c'est aimable à vous! s'écria Cassandra. J'imagine que vous devez vous changer. Dois-je aller vous attendre dans la salle? ajouta-t-elle.

– Non, il faut que vous attendiez M. Gebhard. Il vous y conduira. En attendant, restez là, bien tranquille. J'ai encore un quart d'heure pour me reposer avant l'arrivée de l'habilleuse.

Les trois quarts d'heure qui suivirent furent pour Cassandra un des moments les plus intéressants de sa vie. Mme Langtry se reposa, les yeux fermés, et se leva quand arrivèrent son coiffeur et l'habilleuse. La glace possédait, spécialement à l'intention de Mme Langtry, un dispositif d'éclairage électrique savant qui permettait d'obtenir des lumières bleu, rouge ou ambre, à volonté.

– Cela facilite les choses, expliqua l'actrice. Je me

rends mieux compte ainsi de l'effet que mes costumes produisent sur scène.

La presse entière ne cessait de répéter que Mme Langtry ne se maquillait pas. C'était tout à fait inexact. Elle utilisait du rose à joues, ainsi qu'une poudre qu'on vendait d'ailleurs dans le commerce sous son nom. Elle soulignait ses yeux d'un trait fin, passait un peu de noir sur ses sourcils et se fardait très légèrement les lèvres.

Cassandra prêta grande attention à cette façon de se maquiller. Dans la voiture qui l'avait conduite au théâtre, Hannah avait été horrifiée de voir sa jeune maîtresse colorer ses lèvres et se mettre de la poudre aux joues.

– Que faites-vous donc, mademoiselle Cassandra, à vous peinturlurer comme une actrice? s'était-elle écriée.

– Mais je suis censée en être une!

– Il n'y a pas de quoi s'en vanter.

– J'ai malheureusement l'impression que tes sentiments reflètent ceux de la majorité du public!

A présent elle constatait combien Mme Langtry soignait son apparence et restait éblouissante tout en ayant l'air d'une dame.

Un quart d'heure avant le lever de rideau, M. Frederick Gebhard fit son entrée. Cassandra se souvenait d'avoir lu un article sur lui dans le *Sporting Times*. On le surnommait « le Roméo de boudoir ». On disait qu'il avait été bouleversé par la beauté de Lily Langtry lorsqu'il l'avait rencontrée à New York. C'était le fils d'un homme d'affaires américain qui lui laissait un revenu annuel d'environ quatre-vingt-dix mille dollars. Elancé, le visage toujours rasé de près, il était habillé par un tailleur de la Cinquième Avenue qui faisait de lui « l'homme le plus élégant de New York ». Son nom était souvent cité à la une des journaux, non seulement parce qu'il avait pourvu Lily Langtry d'un confortable compte en banque, mais encore et surtout, parce qu'il avait une manière bien à lui de la protéger des importuns. Un jour, à Saint-Louis, il avait carrément assommé un homme qui prétendait lui faire la cour. Il avait accompagné Lily tout au long de sa tournée américaine, dans un wagon privé qu'il avait fait construire spécialement pour elle. Il s'était surpassé: les parois, peintes en bleu, étaient toutes chamarrées de blasons aux initiales de Lily; le toit était orné de lys en cuivre jaune; la baignoire et les robinets de la salle de bains étaient en argent massif. Il était fermement décidé à l'épouser, mais M. Langtry, le mari légitime, s'était toujours opposé au divorce.

Au goût de Cassandra, Freddy Gebhard était un peu mou, bien qu'assez beau garçon. Il lui serra la main poliment, mais il était visible qu'il n'avait d'yeux que pour Mme Langtry dont il semblait follement amoureux.

– Lily, vous êtes plus belle que jamais, dit-il tendrement en lui baisant la main.

Mais Mme Langtry ne semblait se préoccuper que de sa propre personne et des spectateurs qui l'attendaient.

– On affiche complet! annonça Freddy.

– Rien d'étonnant, répondit Lily. Lorsque je suis arrivée tout à l'heure, on m'a dit que les gens faisaient la queue depuis midi.

Elle portait déjà son costume de scène, dont le tissu semblait avoir été cousu sur elle tant il épousait étroitement ses formes.

– Que vous êtes belle! s'écria Cassandra. Je comprends que tout le monde vienne vous applaudir!

– Merci, répondit-elle en souriant, avec le naturel qui appartient aux femmes habituées à être admirées.

Puis elle se tourna vers Freddy:

– Emmenez Mlle Standish dans la loge, Freddy.

Vous lui tiendrez compagnie pendant le spectacle. Je lui ai promis qu'ensuite nous l'emmènerions à la réception de lord Carwen.

– Bien entendu! Avec plaisir!

Mais Cassandra avait l'impression qu'il était déçu de ne pas être seul à accompagner Mme Langtry à la réception.

– Je ne voudrais pas vous importuner, dit Cassandra avec modestie, bien que tout à fait décidée à s'imposer si elle avait une chance de rencontrer le duc.

Il baisa les deux mains de Lily après lui avoir murmuré quelques mots à l'oreille, puis accompagna la jeune fille jusqu'à leur loge. Tout à coup, elle eut peur qu'une personne de l'assistance ne la reconnaisse. Cela n'était guère probable, mais quelqu'un du Yorkshire pouvait se trouver par hasard à Londres et assister au spectacle de Mme Langtry... Quel scandale si on la voyait seule dans une loge de théâtre, en compagnie d'un homme aussi connu que Freddy Gebhard!...

Elle résolut le problème en choisissant un fauteuil contre le mur. Ainsi, tout en voyant parfaitement la scène, elle tournait le dos au public. Si Freddy Gebhard trouva cela étrange, il n'en fit pas la remarque. Il était d'ailleurs bien trop content d'occuper lui-même le centre de la loge. Il faisait sans arrêt des signes à ses amis, assis aux fauteuils d'orchestre, et levait les yeux vers le poulailler pour se faire reconnaître et applaudir.

– Ils commencent à bien me connaître de ce côté de l'Atlantique, dit-il. Comme je le dis souvent à Lily, nous formons un couple merveilleux!

Cassandra répondit par un sourire. Il n'avait d'ailleurs pas besoin d'encouragements, tant il semblait content de lui.

Enfin le rideau se leva.

La pièce était fort bien écrite. C'était un drame

dépeignant la haine héréditaire entre deux membres âgés d'une famille d'aristocrates, et leur réconciliation grâce à l'amour de deux jeunes gens. Pendant le quatrième acte, Mme Langtry dut se mettre à genoux pour supplier son père d'abandonner ses folles machinations et sauver la vieille maison. Dans cette scène, l'actrice donna une preuve de son grand talent et toute le salle pleura. Elle devint encore plus émouvante lorsqu'elle s'écria: « Aidez-nous! oh! aidez-nous! Vous êtes le seul qui puissiez le faire! Nous renonçons à tous nos droits, mais sauvez, sauvez mon frère Percy! »

Les applaudissements éclatèrent comme le tonnerre, les femmes séchaient leurs larmes. Il y eut d'innombrables rappels, et on lança des bouquets sur la scène.

Après le *God Save the Queen*, Freddy emmena Cassandra à vive allure vers les coulisses. Ils attendirent dans la loge que Mme Langtry se changeât. Elle apparut enfin, telle une déesse, vêtue d'une robe du soir en satin gris. Elle portait au cou une rivière de diamants, assortie à ses bracelets et à ses boucles d'oreilles.

– Comment me trouvez-vous? demanda-t-elle à Freddy.

Suffoqué d'admiration, il parvint à dire:

– Chaque jour plus belle!

– Alors, en route pour la réception! s'écria-t-elle gaiement. Tout le monde du théâtre sera présent et je n'ai pas envie de me voir éclipsée!

– Qui donc pourrait le faire? s'écria Freddy en lui baisant l'épaule avec passion.

Cassandra, un peu gênée, n'osait pas les regarder.

Elle avait renvoyé son propre équipage, avec Hannah, à l'appartement de Bury Street.

– Je ne veux pas aller là-bas! s'était écriée la domestique, furieuse.

– Bien sûr que tu iras! A moins que tu ne préfères me voir rentrer seule dans une voiture de louage? Dieu sait ce qui pourrait m'arriver alors! avait répliqué Cassandra.

Alors qu'ils descendaient le Strand dans la voiture de Freddy Gebhard, Cassandra se dit: « A moi de jouer maintenant! Le rideau est levé. Fasse que mon personnage soit suffisamment convaincant. »

4

La maison de lord Carwen, dans Arlington Street, faisait face à Green Park. C'était une construction impressionnante, avec son entrée principale à portique et ses grilles en fer forgé.

Cassandra admira la splendeur des chandeliers et le luxe du mobilier qui décoraient le vestibule. Mais elle fut de nouveau saisie par la crainte de rencontrer quelqu'un de sa connaissance. En se voyant dans la glace avec Lily Langtry, elle savait qu'il leur serait bien difficile, de toute façon, de passer inaperçues.

Mme Langtry, dans sa robe grise largement décolletée, qui se terminait par un énorme nœud de satin en forme de traîne, ressemblait à une déesse grecque. Malgré le nombre des diamants qu'elle portait à son cou, dans ses cheveux et à ses poignets, elle conservait l'aisance et la classe qui l'avaient rendue célèbre.

Cassandra était plus sévère en ce qui la concernait elle-même. Sa robe, signée Chasemore, était ravissante dans son genre, mais pas du tout ce qu'aurait porté Cassandra Sherburn. En tulle vert vif, elle rendait sa peau encore plus blanche. Un drapé soulignait sa taille fine. Le tissu était parsemé de minuscules sequins argent et vert qui scintillaient et chatoyaient à chaque mouvement. Sur son épaule, un bouquet de nénuphars artificiels, également piqués de sequins ressemblant à distance à des gouttes de rosée brillant sous la lumière. C'était le genre de robe qui aurait convenu à une vedette de théâtre et qui lui aurait valu de chaleureux applaudissements.

Cassandra avait fini par persuader Hannah de lui faire des boucles, et elle avait piqué dans ses cheveux trois peignes en diamant. Elle avait mis aussi des boucles d'oreilles, héritées de sa grand-mère, mais que sir James trouvait trop sophistiquées pour une jeune fille.

Ses lèvres maquillées accentuaient encore l'éclat de son teint. Avec ses longs cils noirs, ses yeux n'avaient pas besoin de fard. Et l'excitation du moment les faisait briller plus encore que les sequins de sa robe.

– Lily! Laissez-moi vous dire combien je me réjouis de vous voir! fit un homme à la voix grave.

Mme Langtry lui tendit sa main à baiser.

– Je me suis permis d'amener avec moi une de mes jeunes amies. J'espère que cela ne vous dérange pas?

Cassandra sentit peser sur elle le regard de l'homme, qui la détaillait d'un œil admiratif.

– Vous avez très bien fait. J'en suis ravi, déclara lord Carwen. Voulez-vous me présenter?

– Mlle Sandra Standish. Et voici, ma chère, notre charmant et généreux hôte: lord Carwen.

Cassandra esquissa une révérence.

– J'espère que vous me pardonnerez, milord, de venir sans avoir été invitée, dit-elle en souriant.

– Je suis décidé à vous pardonner n'importe quoi, si vous acceptez de danser avec moi tout à l'heure.

Lord Carwen tendit ensuite la main à Freddy Gebhard.

– Ravi de vous voir, Freddy. J'espère que cette réception ne vous décevra pas trop, comparée à celles que vous donnez en Amérique!

Pendant ce temps, Cassandra observait la salle de bar attentivement. Eclairée par d'énormes chandeliers et décorée de toiles de maîtres, c'était une pièce comme elle en avait déjà vu souvent chez les amis de son père. En revanche, les invités valaient la peine qu'on les regarde.

Les hommes étaient tous du meilleur monde, pour la plupart du même âge que lord Carwen, et de cette élégance typique des Anglais en tenue de soirée.

Mais les femmes étaient tout à fait extraordinaires. Tant de jolies femmes réunies, voilà qui était déjà surprenant. Mais leur supériorité sur les femmes du monde devait surtout beaucoup à l'artifice et aux produits de beauté qu'elles utilisaient abondamment. Avec leurs yeux agrandis par le mascara, leurs sourcils soulignés au crayon, leur peau délicieusement blanche et leurs lèvres avivées par un rouge éclatant, il était facile de comprendre le succès qu'elles remportaient auprès des hommes.

Leurs robes du soir avaient été dessinées dans la même intention: attirer les regards. Cassandra n'avait jamais vu autant de chairs dénudées, autant de tulle, de sequins, de fleurs brodées. La plupart des bijoux étaient faux, mais mettaient en valeur la beauté de toutes ces femmes.

Cassandra sursauta lorsque Mme Langtry lui chuchota à l'oreille:

– J'aperçois le duc d'Alchester. Venez, je vais vous présenter car nous risquons d'être séparées tout à l'heure et je ne serai peut-être plus en mesure de tenir ma promesse.

Cassandra prit une profonde inspiration et suivit Mme Langtry à travers la foule d'invités, tous plongés dans des discussions animées. Au dernier moment, Cassandra faillit manquer de courage et fut prise de l'envie de fuir. Puis elle se domina. C'était ridicule: elle obtenait enfin ce qu'elle avait tant désiré, elle voyait aboutir ses plans. C'était à elle de jouer maintenant! Il fallait convaincre le duc qu'elle était une jeune actrice en passe de devenir célèbre. Il fallait l'amuser... se faire remarquer!

Mme Langtry s'arrêta devant quelqu'un et Cassandra aperçut enfin celui qui avait occupé ses pensées depuis qu'elle avait douze ans. Il avait bien plus belle allure encore que sur les photos. Il n'était plus ce grand garçon dégingandé qu'elle avait vu à Eton. A présent il était grand, bien bâti, les épaules larges. Un air d'autorité émanait de sa personne, ce à quoi elle ne s'attendait pas. Pas plus qu'à cette dignité naturelle à laquelle elle fut sensible immédiatement.

– J'étais sûre de vous trouver ici, Varro, dit Mme Langtry.

– Je suis flatté que vous ayez pensé à moi, répondit le duc.

Cassandra reconnut tout de suite ce timbre de voix, qu'elle trouvait particulièrement émouvant.

– Vous n'êtes pas encore venu me voir dans ma nouvelle pièce, lui reprocha Mme Langtry.

– Uniquement parce qu'il m'a été impossible de trouver une place.

Ses yeux pétillaient et, lorsqu'il souriait, une fossette se creusait au coin de sa bouche. « Il est terriblement séduisant, songea Cassandra. Beaucoup plus que je ne l'imaginais. Il ne doit pas y avoir, dans tout Londres, une seule femme qui ne soit prête à se jeter dans ses bras pour peu qu'il daigne jeter les yeux sur elle! »

– Vous ne devriez pas être aussi célèbre! poursuivit-il. On m'a dit qu'on n'avait jamais vu de files d'attente aussi longues!

– Et encore! Ce n'est rien à côté des Etats-Unis! intervint Freddy Gebhard qui les avait suivies à travers toute la salle.

– Bonjour, Freddy! Quand trouverez-vous enfin un moment pour venir prendre un verre avec moi au *White's ?*

– La prochaine fois que Lily n'aura pas envie de me voir!

– Mais j'ai toujours envie de vous voir! dit-elle d'une voix douce.

– Alors, j'annule mon invitation! Qui suis-je, pour me permettre de troubler ainsi la joie de deux êtres qui se suffisent à eux-mêmes?

– Varro, il y a quelqu'un près de moi qui brûle d'envie de vous connaître. Elle a quelque chose à vous dire qui ne manquera pas de vous intéresser.

Mme Langtry s'était tournée vers Cassandra.

– Mademoiselle Standish, puis-je vous présenter le duc d'Alchester? Varro, voici Mlle Sandra Standish, une jeune femme de grand talent.

Lorsque Cassandra tendit sa main au duc, elle eut l'impression inexplicable de refaire un geste qu'elle avait déjà accompli des milliers de fois à travers le temps.

– Vous avez quelque chose à me dire? lui demanda le duc en fronçant les sourcils.

– Oui. Mais il y a tant de bruit ici, pour le moment, que je craindrais de ne pouvoir me faire entendre, répondit-elle d'une voix qui ne tremblait pas.

L'orchestre venait d'entamer un nouveau morceau de musique et Freddy Gebhard se tourna vers Lily:

– C'est une de vos valses favorites.

Sans même attendre la réponse, il l'entoura de ses bras et l'entraîna vers le centre de la salle. Le duc et Cassandra restèrent seuls, face à face.

– M'accorderez-vous cette danse?

– Avec joie.

Elle frémit lorsqu'il posa la main sur son épaule. Puis elle se retrouva en train de danser avec lui, avec une parfaite aisance, comme des partenaires de longue date. Mais la musique, les voix, les rires étaient si assourdissants qu'ils rendaient toute conversation impossible. Lorsque la valse se termina, Cassandra chercha un endroit où il y avait moins de monde.

– Trouvons un coin où nous asseoir, proposa le duc.

Il lui prit le bras avec une désinvolture qu'il n'aurait pas eue dans un bal plus officiel et l'entraîna dans une pièce qui donnait sur la salle de bal. C'était un bureau, joliment décoré dans des tons clairs, dont le mobilier français valait une fortune.

Devant une fenêtre aux rideaux fermés se trouvait un canapé. L'éclairage était discret et un parfum de fleurs exotiques embaumait l'atmosphère.

Le duc conduisit Cassandra vers le canapé et s'assit près d'elle, un peu à l'écart afin de pouvoir mieux la regarder.

– Qui êtes-vous? Pourquoi ne nous sommes-nous encore jamais rencontrés?

– Voilà une entrée en matière bien conventionnelle, surtout venant de vous!

– Pourquoi moi en particulier?

– Parce que vous avez la réputation d'avoir beaucoup d'esprit.

– Ciel! Qui vous a rapporté tous ces mensonges sur mon compte?

– Dans ma profession, on bavarde autant à votre sujet qu'à propos des pièces dans lesquelles on espère jouer.

– Ce que vous me dites là n'est pas très gentil! remarqua-t-il, l'œil brillant. Ai-je fait quelque chose qui vous aurait offensée?

– Pas du tout. Comme vous l'a dit Mme Langtry, je mourais d'envie de vous connaître.

– Et pourquoi cela?

Cassandra hésita un instant.

– Pour deux raisons; la première est parfaitement frivole, la seconde plus sérieuse. Par laquelle voulez-vous que je commence?

– Par la première, bien sûr! Dans ce genre de réception, personne n'a envie d'être sérieux.

– Bien... alors, voici: je me suis toujours demandé comment il se faisait qu'une personne dotée d'autant de talents que vous aimait le théâtre plus que toute autre chose.

Elle se savait provocante, mais il fallait tenir son attention éveillée, piquer sa curiosité, sans quoi elle le perdrait aussi vite qu'elle l'avait trouvé.

– Comment savez-vous cela?

Cassandra éclata de rire.

– Trouvez-vous surprenant que je sache lire?

– Vous voulez parler des journaux? Il ne faut jamais les croire! Ce ne sont que des racontars!

– Ils ne peuvent quand même pas tout inventer. J'ai lu, par exemple, que vous étiez sorti d'Oxford avec les plus hautes distinctions et que vous aviez envisagé d'entrer dans la carrière diplomatique. Cela veut sûrement dire que vous parlez plusieurs langues.

– Il y a bien longtemps de cela! J'imagine qu'à l'époque je devais avoir de l'ambition. J'ai changé depuis.

– Pourtant les gens sont plus heureux lorsqu'ils font un métier qu'ils aiment.

– C'est votre cas?

– Je suis toujours intéressée par ce que je fais.

– Parlez-moi de vous.

– Que désirez-vous savoir?

– Jouez-vous dans une pièce en ce moment?

– Non. Je suis venue prendre des leçons de chant. J'ai une grande chance de décrocher un premier rôle dans une comédie musicale; mais ma voix n'est pas encore assez posée et je dois travailler très dur pendant au moins un mois.

– Qui s'est occupé de vous arranger cela?

C'était une question que Cassandra n'avait pas prévue. Elle dut réfléchir un instant.

– Un... ami, qui m'a donné une introduction auprès d'un professeur.

Le duc semblait perdu dans la contemplation des diamants qu'elle portait aux oreilles et dans les cheveux.

S'imaginait-il qu'un homme les lui avait achetés? Elle rougit à l'idée qu'il pût en être choqué. Mais après tout, n'était-il pas normal qu'une femme de théâtre se fasse offrir des bijoux?

– Ainsi, vous allez passer tout un mois à Londres? Serez-vous occupée tout le temps?

– Je suis toujours prête... à faire l'école buissonnière.

– Je suis aussi très doué de ce côté-là. Accepterez-vous de m'accompagner au théâtre un soir?

– Avec plaisir, répondit-elle simplement. Avant ce soir, je n'étais pas allée au théâtre à Londres depuis très longtemps. J'ai vu *Les Ennemis*.

– Et qu'en pensez-vous?

– Mme Langtry joue divinement.

– Elle incarne merveilleusement toutes sortes de rôles... Et maintenant, allez-vous me dire la raison sérieuse pour laquelle vous désiriez me voir?

Cassandra avait préparé son histoire pendant le voyage qui l'avait amenée à Londres.

– Vous souvenez-vous d'Abbey, un valet au service de votre père?

– Vous voulez parler de cet homme qui se trouvait à Alchester, il y a des années, quand j'étais encore enfant? demanda le duc après quelques secondes de réflexion.

– C'est sans doute lui. Je l'ai connu lorsqu'il était déjà très âgé. Je lui rendais visite dans la chaumière où il s'était retiré.

– Bien sûr, je me souviens du vieil Abbey! s'exclama le duc. Son visage ressemblait à une vieille noix. Il devait avoir cent ans au moins lorsque vous l'avez rencontré.

– Il est mort à quatre-vingt-sept ans. Et il m'avait demandé, avant sa maladie, de vous dire, au cas où je vous verrais, qu'il avait toujours le fer à cheval que vous lui aviez donné.

– Grands dieux! Je me souviens fort bien de l'histoire. Abbey était un joueur invétéré. Un jour qu'il m'avait emmené faire une promenade, j'ai trouvé un fer à cheval. « Regardez, Abbey, ce que j'ai déniché! » Il s'est mis à rire: « Bravo, monsieur Varro! Cela vous portera bonheur. » Je me souviens d'avoir hésité un moment, et finalement je le lui ai donné en lui disant: « Vous en avez plus besoin que moi, Abbey. »

– C'est exactement ce qu'il m'a raconté. Le fer à cheval est resté accroché au-dessus de sa cheminée jusqu'au jour de sa mort. A la place d'honneur. Je suis persuadée qu'il lui a porté chance.

– Je n'avais pas pensé à Abbey depuis des années! Je crois que lorsqu'il nous a quittés, il est entré au service d'un propriétaire de chevaux de courses, sir James Sherburn.

– Peut-être, répondit Cassandra d'un ton léger. Mais lorsque je l'ai connu, il était trop vieux pour travailler. Il ne parlait jamais d'autre chose que de chevaux.

– Existe-t-il sujet plus intéressant? Mis à part, bien entendu, les jolies femmes... répondit le duc d'un air entendu.

– Et vous êtes expert dans les deux matières, j'imagine.

– Vous me flattez encore! Mais je dois avouer que je ne sais pas plus résister à un beau cheval qu'à une jolie femme. Et vous êtes fort jolie, mademoiselle Standish!

Cassandra se sentit rougir puis fit un effort pour répondre:

– Votre Grâce est certainement aussi un expert en matière de flatterie!

– Vous dites cela sur un ton qui ne me plaît pas. Que dois-je faire pour vous convaincre de ma sincérité? Dans votre région du Nord, ou d'où que vous veniez, il doit tout de même y avoir des hommes qui ont des yeux pour voir?

– Leurs yeux sont bons. C'est sans doute leurs langues qui sont moins déliées que dans le Sud.

Le duc éclata de rire.

– Vous avez réponse à tout! Venez, allons danser. J'espère, puisque vous êtes étrangère à Londres, que vous ne connaissez personne d'autre ici ce soir.

– En vérité, je m'en remets à vous, car je ne voudrais pas que Mme Langtry se sente obligée de me présenter à ses amis.

– Inutile, je vais prendre soin de vous. Je puis vous assurer, sans me vanter, que vous serez satisfaite de mes services.

La piste de danse était encore plus encombrée que lorsqu'ils l'avaient quittée, mais le duc s'y faufila avec beaucoup d'adresse, entraînant Cassandra à sa suite. Quel plaisir avait-elle pu prendre à danser avant ce soir? Être dans les bras du duc, sentir sa main dans la sienne, voilà qui changeait tout!

– Vous dansez merveilleusement bien, dit le duc. Dansez-vous aussi sur la scène?

– Non. Je suis meilleure comme... actrice.

Comme la danse finissait, l'orchestre entama brusquement un air très gai et encore plus bruyant: le « french cancan », danse nouvelle, venue de Paris.

– Regardons cela, dit le duc. C'est toujours très amusant.

Cassandra avait beaucoup entendu parler de cette danse. Nombreuses étaient les invitées de lord Carwen qui se considéraient comme qualifiées pour cette performance, condamnée même à Paris parce qu'elle montrait ce que les dames portaient sous leurs jupes – et surtout ce qu'elles ne portaient pas!

Ce soir, les amies de lord Carwen exhibaient des culottes en dentelle fort affriolantes. Au milieu des applaudissements déchaînés de la gent masculine, elles faisaient le tour de la salle en levant la jambe. Les joues de plus en plus rouges, les cheveux de plus en plus défaits, elles levaient la jambe de plus en plus haut, jusqu'au moment où Cassandra, en dépit de toutes ses résolutions, se sentit vraiment choquée.

Le duc regardait le spectacle avec amusement mais, contrairement aux autres, il n'applaudissait pas, ne criait pas pour exciter les filles. Gênée de voir des personnes de son propre sexe s'exhiber ainsi, Cassandra se dirigea vers la fenêtre en murmurant:

– Il fait trop chaud ici...

Elle plongea son regard dans la nuit du parc. On apercevait à peine les branches des arbres, qui se dessinaient en ombres chinoises sur le ciel. Le duc l'avait suivie.

– Vous n'aviez encore jamais assisté à un « cancan »?

– Non, jamais!

– Cela ne correspond pas à ce que vous attendiez? J'ai l'impression que vous êtes choquée.

– Cela me paraît quelque peu... débraillé, balbutia-t-elle.

– Je comprends. Ce genre d'extravagances n'a pas encore gagné le Nord, n'est-ce pas?

– Non.

Les danseuses, à bout de souffle, s'étaient affalées sur des chaises, certaines même carrément sur le parquet. A présent, l'orchestre avait changé de registre et entamait une valse lente, douce et envoûtante. Cassandra regarda le duc, dans l'espoir qu'il allait l'inviter, quand une voix s'éleva:

– Vous m'aviez promis une danse, jolie demoiselle!

C'était lord Carwen.

– J'espère que Varro a su être un compagnon agréable, dit-il. J'ai été malheureusement trop occupé pour prendre sa place.

– Il a été très attentionné, murmura-t-elle.

– Voyons maintenant si je peux l'égaler, ou même le surpasser!

Il entraîna Cassandra et ils commencèrent à danser. Mais il la serrait de près et lorsqu'elle essaya de s'écarter, il se mit à rire.

– Vous êtes bien jolie, Sandra!

Elle se raidit en entendant ce diminutif utilisé avec tant de familiarité. Mais elle avait tort... Il fallait qu'elle tienne son rôle.

– Votre maison est très jolie aussi, répondit-elle.

– Ma maison ne m'intéresse pas. Ce qui m'intéresse, ce sont les jeunes personnes qui s'y trouvent! Lily m'a dit que vous veniez d'arriver à Londres. Accordez-moi la joie de vous faire visiter la ville.

– Merci, mais je crains d'être trop occupée par mes leçons de chant.

Lord Carwen se mit à rire.

– Peu importe que vous chantiez ou non. Il suffit que vous montiez sur scène telle que vous êtes pour que la salle ne désemplisse pas pendant un an! Si c'est ce qui compte pour vous, bien entendu. Mais il y aurait d'autres choses à faire, beaucoup plus intéressantes.

– Par exemple? demanda Cassandra en toute innocence.

– Je peux vous les expliquer très en détail, répondit lord Carwen en la prenant par la taille et en la serrant contre lui.

Cassandra prit soudain conscience qu'il lui était profondément antipathique. Non seulement pour ses manières trop familières – car au fond elle l'avait bien cherché – mais parce que l'homme avait quelque chose de déplaisant. Et elle se trompait rarement dans son jugement sur les gens.

– Voulez-vous dîner avec moi demain soir? demanda-t-il. J'aimerais beaucoup bavarder avec vous.

Mais son ton indiquait assez que la conversation n'était pas son but principal.

– Je vous remercie, mais je ne suis pas libre demain soir.

– Vous faites la coquette avec moi, petite Sandra? Je vous préviens que je ne renonce pas facilement. Je suis sûr que nous sommes appelés à nous voir souvent tous les deux.

– Donnez-vous beaucoup de réceptions comme celle-ci, milord? demanda-t-elle, dans un effort pour ramener la conversation sur un terrain moins dangereux.

– Je donnerai toutes les réceptions que vous désirez! Demandez à Varro. Il vous dira que je suis un hôte très agréable et très généreux à l'égard de ceux... qui me plaisent.

L'orchestre arrêta de jouer. Mais Cassandra aurait été bien incapable de se dégager, tant lord Carwen la tenait toujours étroitement serrée; par bonheur de nouveaux invités exigeaient son attention. Et Cassandra se sauva aussitôt.

Constatant que le duc n'avait pas quitté sa place, elle courut vers lui. Comme s'il avait compris, il proposa:

– Voulez-vous que nous nous rendions au buffet, ou préférez-vous que nous allions dîner ailleurs?

– Pensez-vous que ce soit possible?

– Pourquoi pas? Venez avec moi, je sais par où sortir discrètement, sans avoir à saluer notre hôte.

Ils quittèrent la salle de bal comme deux conspirateurs, et, ayant traversé plusieurs salons, ils parvinrent dans le grand hall où les invités continuaient d'arriver.

– Varro, vous ne partez pas, n'est-ce pas? s'écria une jolie femme en lui tendant les bras.

– J'ai bien peur que si...

– Quel dommage!

– Nous nous verrons sans doute d'ici un jour ou deux.

– Venez prendre un verre dans ma loge.

– C'est promis.

Cassandra se sentait un peu désorientée. Elle comprenait pourquoi le duc ne s'amusait pas dans les réceptions plus guindées, où l'on ne se rendait que sur bristol gravé. En sa qualité de duc, il était de plus contraint d'offrir le bras aux douairières plutôt qu'aux jeunes filles d'un rang social moins élevé. « Bien sûr qu'il s'amuse davantage ici! » se dit-elle.

Une fois sortis, il demanda:

– Vous ne voyez pas d'inconvénient à prendre un fiacre? Je n'ai qu'un vieux cocher avec moi à Londres et, comme il est âgé, je le renvoie à minuit.

– J'en serais enchantée!

Aucun jeune homme de sa connaissance n'aurait osé lui proposer de monter dans ce genre de véhicules, surnommés par Disraeli « les gondoles de Londres ». Lorsque le cocher ferma la vitre qui le séparait de ses passagers, ils se retrouvèrent isolés dans un petit monde à part, qui dégageait une intimité déconcertante.

Le duc lui prit la main.

– Je suis heureux que vous ayez accepté de venir avec moi! J'ai envie de vous parler, d'entendre vos remarques moqueuses. Quelque chose me dit que je ne vous impressionne pas autant que je devrais.

Cassandra frissonna au contact de cette main, de sa chaleur. Leurs épaules se touchaient, leurs visages étaient tout proches l'un de l'autre.

– Vous êtes ravissante! Terriblement, invraisemblablement ravissante! Comment peut-on avoir des yeux bleus pareils avec des cheveux moitié dorés et moitié cuivrés?

– Je dois avoir du sang irlandais dans les veines, répondit-elle d'une voix étranglée.

– Vos cils, vous les foncez?

– Non. Ils sont naturels.

– Je les laverai et je verrai bien si vous mentez.

– Vous pouvez toujours essayer. C'est ce que les Irlandais appellent « des yeux bleus fixés par des doigts sales ». Ils résistent à la pluie et même à la tempête!

Il la regardait, de ce regard perçant et scrutateur qu'elle se rappelait si bien.

– Il y a tant de choses que je voudrais vous demander... Je suis heureux au-delà de toute expression que vous ayez consenti à fuir cette bruyante réception, ajouta-t-il en lui retirant un gant.

Comme Cassandra, ne sachant que dire, se taisait, le duc lui prit la main et la retourna.

– Une si jolie et si petite main, fit-il en posant ses lèvres.

Elle aurait dû l'arrêter, protester, mais elle n'avait plus de voix. C'était merveilleux de sentir cette bouche s'éterniser sur sa main, de voir ses rêves devenir tout simplement la réalité.

Puis elle se reprit: il ne fallait pas oublier qu'elle jouait un rôle. Et si elle en jouait un, lui aussi. Ce n'était qu'un amusement. Autrement elle pouvait aller à la catastrophe.

– Nous voici arrivés, dit le duc en lâchant sa main. J'ai pensé que vous aimeriez connaître le *Romano*.

Elle avait souvent entendu parler de ce célèbre restaurant, mais elle ne s'attendait pas à ce qu'il soit si gai. La salle, tout en longueur, avec ses rideaux rouges et ses banquettes en peluche, était bondée de clients venus souper après le théâtre. La plupart des femmes étaient si élégantes, si éclatantes de beauté, qu'elles devaient être des actrices du *Gaiety*. Le restaurant tout entier résonnait de leurs rires.

Romano, un petit homme brun, vint en personne saluer le duc avec un empressement mêlé de respect, et il les installa sous la galerie, sur une banquette. Au passage, Cassandra put constater que la plupart des femmes présentes connaissaient le duc, lui souriaient et lui faisaient de petits signes de la main.

Il y avait des fleurs partout, les filles du *Gaiety* ayant des tables réservées que leurs admirateurs couvraient de gerbes. Quelques-unes étaient assises sous un véritable dais de roses. Ce restaurant ne ressemblait à rien de ce que connaissait Cassandra et, une fois de plus, elle comprenait le plaisir qu'y trouvait le duc. Le maître d'hôtel vint leur apporter le menu, suivi du sommelier.

– Que puis-je vous proposer?

– Commandez pour moi, répondit Cassandra. Je n'ai pas très faim.

Soudain Cassandra vit de ses propres yeux des choses qu'elle avait lues cent fois dans les journaux sans trop y croire: par exemple un homme buvant du champagne dans l'escarpin blanc d'une ravissante jeune femme dont la table était décorée d'orchidées rares.

– Qui est-ce? demanda-t-elle.
– Connie Gilchrist. Vous avez dû entendre parler d'elle.
– Bien sûr! Je la reconnais à présent. Mais elle est beaucoup plus belle que sur les photos.
– Elle est très séduisante en effet. La moitié des hommes à Londres pourraient vous le confirmer.
– Vous l'aimez? demanda-t-elle, étonnée de sa propre audace.
– Non.
– Alors, qui aimez-vous?
Il la regarda, amusé.
– Voilà au moins qui est direct! Vous m'avez déjà posé toutes sortes de questions personnelles sans avoir même répondu aux miennes. A mon tour, maintenant!
– Très bien, répondit Cassandra. Que voulez-vous savoir?
– Beaucoup de choses que je ne sais comment formuler. Derrière tout ce que vous dites, je perçois un mystère que je ne comprends pas.
Comme Cassandra ne réagissait pas, il continua:
– Je m'exprime mal, mais je suis sûr que vous savez ce que je veux dire.
– Je pense que vous êtes curieux. Vous avez une étrange façon de regarder les gens.
– Comment le savez-vous? On me l'a déjà dit, en effet, mais vous me connaissez à peine...
– Oui... bien sûr...
– Je sais ce que vous pensez. Vous devez avoir la même impression que moi, que nous ne sommes pas vraiment des étrangers l'un pour l'autre...
– Et pourquoi aurions-nous cette impression? demanda-t-elle, sans même se donner la peine de nier.
– Je ne sais pas... Mais je suis bien décidé à le découvrir.

5

Cassandra et le duc continuaient de converser et le temps passait si vite que, tout à coup, elle s'aperçut qu'il était plus de deux heures du matin.

C'était la première fois qu'elle dînait seule avec un homme. Leur conversation avait quelque chose d'intime et de personnel qui donnait aux propos les plus banals une coloration particulière. Leurs yeux en disaient beaucoup plus que leurs bouches et l'admiration qui se lisait dans le regard du duc n'aurait pu échapper à personne.

– On dirait que vous avez l'habitude de monter, dit le duc.

– C'est exact. Peut-être l'occasion s'en présente-t-elle plus souvent quand on habite le Nord.

– C'est probablement moins cher qu'ici...

Il se demandait sans doute comment une actrice pouvait avoir les moyens – et trouver le temps – d'aller à la chasse. Cassandra se crut obligée d'expliquer :

– Mon père élève des chevaux.

– J'aimerais bien vous voir à cheval ! Et si vous veniez avec moi à Tallersall, demain ?

– A la vente ? Mais je croyais que les enchères ne se faisaient que le lundi, et que l'on ne pouvait inspecter les chevaux que le dimanche ?

– C'est vrai pour le public. Mais mes chevaux arriveront demain à Knightsbridge, de mes écuries de Newmarket et d'*Alchester Park*.

– Vous allez les vendre?

– Oui. Ce sont les vingt derniers de l'écurie de mon père.

Il avait l'air si triste qu'elle s'écria:

– Vous ne devriez pas faire ça! Les chevaux de votre père sont très réputés!

– J'y suis obligé.

– Mais pourquoi cela?

– Pourquoi vend-on, en général, ce qu'on aime, si ce n'est parce qu'on a besoin d'argent?

Cassandra garda le silence. Elle ne comprenait plus rien. Si le duc avait l'intention d'épouser la riche Mlle Sherburn, pourquoi donc se défaisait-il de ses précieux chevaux? Elle voyait bien à son expression qu'il y tenait autant que son père. Elle allait lui poser les questions qui lui brûlaient les lèvres, mais le duc reprit:

– Ce sera vraisemblablement la dernière fois que je pourrai les voir... sauf peut-être quand ils courront sous d'autres couleurs. En tout cas, je ne pourrai pas supporter d'assister à la vente lundi.

– Je comprends cela. Mais n'avez-vous donc rien d'autre à vendre?

– Croyez-vous que je n'y ai pas pensé? répondit-il, sans autre explication. Non. Je n'ai rien.

Pour la première fois de la soirée, Cassandra eut l'impression qu'ils étaient brusquement devenus des étrangers. Connie Gilchrist et ses amis se levaient justement pour partir, et ils criaient et riaient tous si fort en se faisant leurs adieux que toute conversation était devenue impossible. Au lieu de se diriger directement vers la sortie, Connie Gilchrist fit un détour pour parler au duc, qui se leva à son approche.

– Comment allez-vous, Varro? Je ne vous ai pas vu de la semaine.

– J'étais absent. Je ne suis rentré que ce soir, trop tard pour venir au théâtre.

– Nous nous demandions tous ce qui vous était arrivé.

Elle était blonde, rose et charmante, mais sa voix était moins séduisante : elle avait quelque chose de dur, avec une pointe de vulgarité.

– A demain soir, j'espère. Bonne nuit !

– Bonne nuit, Connie.

Le duc se rassit.

– Je ne vous ai pas présentée. Peut-être auriez-vous désiré faire sa connaissance ?

– Il me suffit de l'admirer de loin.

– C'est une grande vedette. Je vous emmènerai un de ces soirs au *Gaiety*, cela vous amusera.

– Volontiers, je vous remercie.

Le duc fit signe au sommelier de remplir leurs verres. Cassandra aurait dû proposer de mettre un terme à la soirée, mais elle ne s'y résignait pas. Peut-être le duc regretterait-il dès le lendemain les invitations qu'il lui avait faites ?

Son humeur s'était transformée depuis qu'ils avaient parlé des chevaux. « Il faut que je trouve le moyen de le distraire », pensa Cassandra. Mais le duc interrompit ses réflexions.

– A quoi pensez-vous lorsque vous jouez ?

Cassandra hésita avant de répondre.

– A l'effet que je produis sur le public.

C'était vrai. Toute la soirée, elle n'avait pensé qu'à l'impression qu'elle faisait sur le duc.

– Ce n'est pas la réponse que donnent en général les acteurs. Ils prétendent qu'ils pensent tellement à leur personnage qu'ils finissent par s'identifier complètement à lui.

– J'imagine que c'est ce qu'il faut faire, en effet.

– Ils ont bien de la chance ! Les acteurs peuvent jouer un rôle et, après avoir quitté la scène, redevenir eux-mêmes. Ils n'ont plus besoin de faire semblant.

Cassandra comprit qu'il parlait de lui-même.

– Vous voulez dire que les autres sont obligés de jouer indéfiniment ? Auriez-vous oublié ce que dit

Shakespeare: « Le monde entier est un théâtre où les hommes et les femmes sont en représentation... »

– Ce qui est terrible, c'est que la pièce dure trop longtemps et qu'il n'y a aucun moyen de lui échapper. Seuls les acteurs ont la possibilité de changer de rôle...

– Pensez-vous que cela soit tellement enviable? Les acteurs sont des mimes. S'ils sont de vrais professionnels, ils doivent oublier leur personnalité propre pour adopter celle d'un autre. S'ils ne le font pas, comme beaucoup d'entre eux et des plus célèbres, ils restent tout simplement eux-mêmes... à peine déguisés.

– Que voulez-vous dire?

– Si un acteur a une forte personnalité, il ne sera pas Jules César, ou Hamlet, ou un policier, mais Martin Harvey ou Beerbohm Tree. Et on le verra toujours sous son déguisement. Lorsque j'ai regardé jouer Mme Langtry ce soir, je ne pensais pas à cette pauvre femme malheureuse qui essayait de sauver son frère, mais au talent d'interprète de Mme Langtry.

– Vous détruisez toutes mes illusions, murmura le duc.

– Je vous soupçonne d'envier les acteurs tout simplement parce que vous êtes fatigué de votre propre rôle.

– Et qui donc voudrait de celui d'un duc?

– Oh! beaucoup de gens. C'est un rôle de héros. Il ne dépend que de vous que vous en soyez réellement un.

– Vous le pensez vraiment?

– Bien sûr! Dans la vie, chacun de nous a son rôle à jouer. Un avocat, par exemple, doit être un avocat, c'est sa profession. Qu'il soit bon ou mauvais, cela ne dépend que de lui. De même pour un commerçant, un paysan ou un duc! On ne peut pas changer son rôle, mais on peut donner la meilleure représentation possible.

– Vous êtes une femme remarquable, Sandra. Vous m'avez fourni matière à réflexion. Je ne m'attendais pas à cela, ce soir.

– Qu'attendiez-vous donc?

– D'être conquis, amusé, captivé. Et voilà que vous m'ouvrez de nouveaux horizons, que vous m'ouvrez des portes que je croyais fermées depuis longtemps. Comment vous expliquer ce que j'éprouve?

Cassandra se sentit brusquement gênée. Il ne restait presque plus personne dans le restaurant et les serveurs bâillaient ostensiblement.

– Je pense... qu'il est l'heure de rentrer, dit-elle.

Le duc demanda l'addition. Romano les attendait à la sortie, un bouquet de roses à la main.

– Puis-je vous demander de me faire l'honneur d'accepter ces quelques fleurs? demanda-t-il à Cassandra. Sa Grâce a l'habitude d'amener de jolies femmes mais vous les avez toutes éclipsées.

Embarrassée, Cassandra prit les roses. Le portier appela une voiture, et le duc l'aida à monter.

– Demain, si vous acceptez de dîner avec moi, je vous promets de trouver un moyen de transport digne de vous. Je suis navré de vous traiter si mal.

– J'ai passé une excellente soirée, répliqua-t-elle doucement.

La voiture sentait le foin, le vieux cuir et le crin. Assis l'un près de l'autre, ils se sentaient très proches et très intimes. Quand le duc la prit par les épaules, Cassandra frissonna. Puis il voulut l'embrasser et elle détourna la tête.

– Non!

– Non?

– Nous... nous nous connaissons à peine...

Ce bras sur son épaule l'empêchait de penser et de parler.

– Moi, j'ai l'impression de vous connaître depuis très longtemps, reprit le duc. Comme si nous étions destinés à nous rencontrer... Vous êtes si charmante... si différente de toutes les autres...

Cassandra se mit à rire.

– Je sais. Cela peut paraître banal, mais c'est la vérité. C'est quelque chose de difficile à exprimer. Cette fois, c'est différent.

– De quelle manière?

– Je vous l'expliquerai, mais pas ce soir.

Il la serra contre lui.

– Vous m'avez demandé de ne pas vous embrasser. Et pourtant il me semble que si j'insistais, vous ne résisteriez pas.

Cassandra fut parcourue d'un nouveau frisson.

– Mais puisque c'est différent, et que je veux représenter pour vous quelque chose de spécial, je ne vous embrasserai pas sans votre autorisation. Quand même, ne me faites pas attendre trop longtemps...

Puis il ajouta après un silence:

– La vie passe si vite... En ce qui me concerne, je sens que le temps m'est compté...

– Que voulez-vous dire?

– Vous ne comprendriez pas. Je ne peux que vous supplier, Sandra, de m'accorder un peu de bonheur. Le bonheur de vous connaître m'est désespérément nécessaire, plus que je ne saurais dire...

– Vous parlez... comme si vous alliez partir.

– C'est, en fait, ce qui va se passer. Mais d'ici là, je dois vous voir. Absolument.

Il la serra plus fort encore. Puis, soudain, contre toute attente, il s'écarta d'elle et se rencogna.

– Je dois vous paraître complètement fou. Mais je ne peux rien vous expliquer.

– Pourquoi?

– Parce que, comme vous me l'avez si justement rappelé, nous nous connaissons à peine, parce que vous ne voulez pas m'embrasser, et parce que... Comment savoir si vous ressentez la même chose que moi?

– Et... que ressentez-vous?

– Dois-je vraiment répondre à cette question? Regardez-moi, Sandra.

Elle obéit et la lueur des réverbères se refléta sur leurs visages.

– Vous êtes charmante! s'écria-t-il d'une voix rauque. Mon Dieu! Pourquoi a-t-il fallu que je vous rencontre juste maintenant?

Il se fit annoncer chez elle le lendemain matin à douze heures trente. Elle l'avait prié de ne pas venir trop tôt, pour se donner le temps d'expliquer à sa tante qu'elle ne déjeunerait pas à la maison, de retourner à son appartement et de se changer.

Mais la plus difficile à amadouer fut Hannah, qui l'avait attendue jusqu'à trois heures du matin et dont l'humeur s'en ressentait. Cassandra avait dû user de toute sa diplomatie pour la calmer et lui faire accepter de l'aider à choisir ses vêtements.

Lorsque le duc arriva, il trouva Cassandra dans une robe très seyante, mais un peu trop voyante et conforme au rôle qu'elle se donnait: en soie bronze, rehaussée de velours, avec un buste drapé. Elle avait revêtu une veste courte, bordée de fourrure et boutonnée par-devant avec de fausses topazes. Mais les bijoux qu'elle portait étaient faits de vraies topazes: broche, bracelet et boucles d'oreilles, parure que lui avait offerte son père. Enfin prête, elle était à peine installée au salon quand le duc arriva. La stupeur qu'il manifesta devant cet ameublement vulgaire et rococo l'amusa beaucoup.

– C'est à vous? demanda-t-il, incrédule. Mais non, je sais! s'exclama-t-il aussitôt. C'est l'appartement de Hetty Henlow! Je suis venu ici une fois, il y a des années!

– Ainsi vous connaissez ma propriétaire?

– Je connais surtout le vieux lord Fitzmaurice qui paie tout cela. Il est membre du *White's* et entretient Hetty depuis des années.

Cassandra sursauta. Elle n'avait encore jamais entendu l'expression « entretenir », mais il n'était pas difficile d'en comprendre le sens. Elle eut honte, tout à coup, que le duc la voie dans un pareil endroit.

– Partons! dit-elle vivement.

Sans attendre sa réponse, elle se précipita dehors. Le duc la suivit, haut-de-forme et canne à pommeau d'argent à la main.

Devant la porte, un élégant phaéton, attelé de deux chevaux, attendait.

– C'est à vous? demanda-t-elle.

– C'est tout ce qui me reste, répondit-il d'un air sombre.

Cassandra avait passé une bonne partie de la nuit à se demander pourquoi il avait tant besoin d'argent puisqu'il avait écrit à son père qu'il acceptait de l'épouser. Elle n'y comprenait rien.

Il conduisit l'attelage vers Piccadilly avec tant de dextérité qu'elle ne put s'empêcher de lui dire son admiration.

– Vous êtes ravissante, s'exclama-t-il comme pour changer de sujet. Je suis conscient de faire plus d'un envieux!

C'était le genre de compliment machinal qu'il aurait fait à une actrice et Cassandra lui en voulut. Mais elle se dit aussitôt que c'était ridicule, qu'elle s'était mise elle-même dans cette situation et qu'il ne lui restait plus qu'à poursuivre sa comédie.

– Vous dirai-je que je suis très honorée de me trouver en compagnie d'un duc aussi séduisant?

– Dois-je me sentir flatté? demanda-t-il. Ou faut-il vous soupçonner d'avoir quelque raison cachée de vous montrer aussi aimable avec moi?

– Faut-il absolument une raison à cela?

– Non, mais j'ai presque peur de trouver dans votre tête, ou dans la mienne, ce que je voudrais effectivement y trouver.

Comme la veille, ils jouaient avec les mots, parlaient par allusions. Cassandra avait l'impression qu'il avait lui aussi pensé à elle, cette nuit, et décidé que leurs rapports devaient se borner à rester légers et distrayants. En conséquence, elle s'efforça de se mettre au diapason, mais tout ce qu'ils disaient prenait une résonance dont le sérieux n'échappait ni à l'un ni à l'autre.

Il l'emmena au *Café Royal*, dans Regent Street, restaurant assez nouveau, mais devenu tout de suite célèbre, pour avoir le premier servi de véritables repas français.

Cassandra trouva fascinante l'atmosphère qui régnait dans cette grande salle aux sièges recouverts de peluche rouge où se côtoyaient des célébrités de tout bord.

– Dites-moi qui est qui, supplia-t-elle.

Amusé par sa curiosité, le duc passa en revue tout ce que la salle comptait d'acteurs, d'escrocs, de jockeys, de maîtres chanteurs, d'entraîneurs et de bookmakers, tous attirés là par la table exceptionnelle et les vins d'une cave qui avait la réputation d'être la meilleure de Londres.

Lorsque Oscar Wilde fit son entrée, pâle, élégant et content de lui, Cassandra s'écria, surexcitée:

– J'ai toujours eu envie de le voir. J'adore ses poèmes. Mais mon père prétend que c'est un affreux poseur.

– Assurément, ce qui ne l'empêche pas d'avoir un grand talent.

Néanmoins, le premier moment d'excitation passé, Cassandra ne trouva personne d'aussi intéressant que le duc. Ils pouvaient à peine reprendre leur souffle tant ils trouvaient de choses à se dire.

Quand ils reprirent enfin le chemin de Knightsbridge Green, Cassandra avait les yeux brillants et se sentait aussi heureuse que la veille.

Elle était déjà allée à Tattersall, un dimanche, quelques années plus tôt. Elle se rappelait l'immense espace vert où les chevaux, rassemblés, attendaient les éventuels acheteurs, les messieurs en haut-de-forme et les dames élégamment habillées dans le paddock, les lads qui amenaient les chevaux à la demande des adjudicateurs. Aujourd'hui, seuls les lads, en manches de chemise, allaient et venaient parmi les boxes, transportant des baquets d'eau et bouchonnant les chevaux.

Le duc lui parut soudain complètement transformé. Il avait l'air d'avoir oublié jusqu'à son existence. Son palefrenier vint lui faire son rapport et lui raconta le comportement des chevaux pendant le voyage, celui-ci s'étant montré nerveux, cet autre un peu mal en point. Mais en fin de compte, ils paraissaient s'habituer à leur nouvel environnement.

– Tâchez de les maintenir aussi calmes que possible.

– C'est ce que je fais, milord. Un cheval nerveux n'atteint jamais un bon prix.

Le duc, accompagné de Cassandra, alla les inspecter, l'un après l'autre. Sans aucun doute, ils étaient tous superbes!

– J'ai donné un prix de réserve de mille guinées sur celui-ci, dit-il. Il a déjà gagné trois courses et devrait remporter la coupe d'or à Ascot.

– Alors pourquoi ne pas le garder? demanda Cassandra, sachant que cette coupe rapportait gros.

– Je n'ai pas les moyens d'attendre.

Cassandra se procura le catalogue de la vente du lundi et le parcourut, se demandant si son père en avait reçu un exemplaire. Comme s'il avait deviné ses pensées, le duc lui dit:

– C'est seulement la semaine dernière que j'ai décidé de vendre mes chevaux. Vous en trouverez la liste en fin de catalogue: ils ont été rajoutés au dernier moment.

– Ce qui veut dire que cet additif n'est pas parvenu aux abonnés de province?

Il haussa les épaules.

– Peut-être. Mais il y aura assez d'acquéreurs par ailleurs. L'écurie de mon père est très connue.

– Bien entendu, répondit Cassandra.

Cependant, sir James, dans le Yorkshire, ne savait sans doute pas que les chevaux d'Alchester allaient être vendus. Sinon, il lui en aurait parlé. Et il était trop tard pour le prévenir, à moins de lui envoyer un télégramme. Mais dans ce cas, il accourrait à Londres et elle devrait abandonner son rôle de jeune actrice inconnue.

Une idée lui vint tout à coup et, lorsqu'ils quittèrent Tattersall, elle prit soin d'emporter le catalogue.

– Vous dînez avec moi ce soir, lui dit le duc.

C'était une affirmation plus qu'une question.

– Si vous le désirez toujours. Etes-vous sûr de ne pas être fatigué de ma compagnie?

– Vous savez bien que je ne demande qu'à être avec vous! Ne jouez pas avec moi, Sandra. Je ne le supporterais pas! s'écria-t-il d'un ton presque désespéré.

Décidément Cassandra ne comprenait plus rien à ce qui se passait. Tout allait trop vite et elle ne savait plus que penser de ses relations avec le duc. Elle savait seulement qu'elle était sous le charme et qu'elle éprouvait une joie sans bornes à être près de lui, à entendre sa voix, à voir ses yeux plonger dans les siens.

C'était merveilleux, mais dangereux. Il ne fallait pas oublier qu'elle jouait un rôle, ni que le duc allait épouser une riche héritière. Son plan avait réussi, mais maintenant des abîmes imprévus s'ouvraient sous ses pieds. Un sentiment de malaise, une peur grandissante couvaient sous son bonheur.

Parce que son amour pour le duc, lui aussi, grandissait de minute en minute...

Cassandra était prête depuis un quart d'heure lorsque le duc arriva chez elle, à Bury Street. Ne pouvant supporter qu'il la revoie dans le salon de Hetty Henlow, elle le guettait à la fenêtre et descendit aussitôt à sa rencontre.

Elle portait une robe blanche, couverte de sequins comme la veille, et ornée de bouquets de fleurs artificielles. C'était très recherché, somptueux, théâtral. Hannah avait piqué deux roses blanches dans ses cheveux et Cassandra avait abandonné ses boucles d'oreilles pour un collier de perles fines à deux rangs qui lui venait de sa mère.

Il l'emmena dîner au *Rules*. C'était plus tranquille que chez *Romano*, petit, intime, et la plupart des autres convives étaient, comme eux, des couples qui ne s'intéressaient qu'à eux-mêmes et parlaient à voix basse.

– Cela vous paraît peut-être un peu morne, dit le duc en s'excusant. Mais il y aura beaucoup plus de monde après la sortie des théâtres.

– J'aime cet endroit tel qu'il est, répondit-elle.

– C'est ce que j'espérais.

Ils étaient assis face à face et Cassandra n'aurait pas su dire de quoi ils parlaient. Elle frémissait quand il posait sa main sur la sienne, mais il stimulait aussi son esprit et tout ce qu'ils se disaient paraissait avoir un sens bien particulier.

– Je ne connaissais aucune Sandra avant vous, dit-il. J'imagine que c'est le diminutif d'Alexandra?

Elle répondit par une question.

– J'espère que Votre Grâce est digne de son nom?

– Que savez-vous à ce propos?

– Je sais que Marcus Terentius Varro était le plus grand érudit de la République de Rome. Il aurait écrit plus de six cents livres!

– Où avez-vous trouvé cela? Au British Museum?

– Vous savez très bien que je n'ai pas eu le temps d'aller au musée depuis que je suis à Londres, mais je trouve ce nom fascinant.

– Et son propriétaire?

Il la regardait dans les yeux, comme s'il cherchait quelque chose. Elle détourna la tête.

– A quoi pensez-vous? demanda-t-il à voix basse.

– A vous.

– Et quelles sont vos conclusions?

– J'essayais... de lire en vous.

– En êtes-vous capable?

– Parfois.

– Alors, dites-moi à quoi je pense.

– Vous êtes préoccupé. Il me semble que vous vous trouvez en ce moment à un carrefour de votre vie. Vous avez pris une décision, et vous ne savez pas si c'est la bonne.

Il la dévisagea avec stupeur.

– Comment savez-vous cela?

– Est-ce vrai?

– C'est vrai. Mais ce que vous n'avez pas vu, c'est ce qui me préoccupe.

– Et qu'est-ce que c'est?

– Oh! ce n'est pas difficile... C'est vous!

Elle le regarda et de nouveau ses yeux la transpercèrent. Elle sentit frémir quelque chose en elle. Ils restèrent un moment, comme hypnotisés l'un par l'autre, mais une voix rompit le charme.

– Quel plaisir de vous trouver ici tous les deux! disait lord Carwen qui s'était approché de leur table. Bonsoir, Sandra!

Il lui baisa le bout des doigts et posa la main sur l'épaule du duc qui allait se lever.

– Ne bougez pas, mon garçon. Je viens juste de vous envoyer un billet au *White's*.

– C'est important? demanda le duc avec inquiétude.

– Une invitation à venir passer quelques jours chez moi. Lily arrivera après le théâtre, demain soir, ainsi que d'autres de nos amis communs.

– C'est très aimable à vous, mais...

– Bien entendu, l'invitation vaut aussi pour la belle Mlle Sandra Standish, ajouta-t-il en lui adressant un sourire qu'elle jugea détestable. Je vous l'aurais fait parvenir directement, jolie petite madame, si vous n'aviez oublié de me dire bonsoir l'autre jour, ce qui m'a empêché de vous demander votre adresse.

– Je suis confuse d'avoir été... impolie, murmura Cassandra.

– Vous m'avez manqué! Pour vous faire pardonner, j'espère que vous accepterez de venir avec Varro dans ma maison de campagne.

Voyant qu'elle hésitait, lord Carwen insista auprès du duc:

– Je compte sur vous, Varro! Je n'accepterai aucune excuse.

– Alors nous n'avons pas le choix! Si Sandra est d'accord, bien sûr!

– Je ne peux pas imaginer que Sandra soit dépourvue de cœur au point de vouloir me plonger dans des abîmes de désespoir. (Il lui baisa de nouveau la main.) Je vous attends tous les deux, demain pour le thé. Varro vous expliquera quelles tenues vous seront nécessaires. Je vous promets que ce sera très divertissant.

Lord Carwen alla rejoindre ses amis. Il avait jeté une ombre sur leur soirée. Ils restèrent à bavarder encore un moment, mais bien que lord Carwen soit installé à l'autre bout de la salle, Cassandra n'arrivait pas à l'oublier: elle avait l'impression qu'il les écoutait.

Comme s'il éprouvait un même malaise, le duc demanda l'addition.

– Avez-vous envie de vous rendre chez lui?

Le duc n'avait pas besoin de préciser de qui il s'agissait.

– Non. Mais cela me ferait plaisir d'aller à la campagne avec vous.

– Dans ce cas, allons-y! dit-il, comme si elle lui ôtait le poids de la décision.

Cassandra avait l'étrange impression qu'il était en quelque sorte obligé d'en passer par la volonté de lord

Carwen. Pour lui rendre les choses plus faciles, elle remarqua :

– Et puis, nous aurons le plaisir de retrouver Mme Langtry. M. Gebhard l'accompagnera-t-il ?

– Bien sûr ! Vous n'imaginez tout de même pas qu'elle irait quelque part sans lui !

Cassandra n'aurait jamais cru possible qu'une femme mariée se rende à une invitation à la campagne avec un autre homme que son époux. Les actrices avaient sans doute d'autres règles de conduite...

Il était arrivé tant de monde depuis qu'ils se trouvaient à table que Cassandra, craignant de ne pas retrouver sa cape de velours, se rendit au vestiaire. Elle était en train d'aider la préposée à reconnaître son bien au milieu des dizaines de manteaux qui s'étaient accumulés, quand un bruit se produisit derrière elle. Une jeune femme venait de s'évanouir. S'étant précipitée, elle reconnut aussitôt une des invitées de lord Carwen. Elle l'allongea sur une banquette, aidée de l'employée du vestiaire qui dit :

– Je vais lui chercher un peu d'alcool.

Cassandra frotta les mains glacées de la jeune femme qui finit par ouvrir les yeux. Blonde, d'une beauté assez ostentatoire, elle n'avait pourtant pas l'air vulgaire comme Connie Gilchrist. Son regard exprimait l'effroi.

– Tout va bien, à présent. Vous vous êtes simplement évanouie. Reposez-vous, dit Cassandra en l'obligeant à boire un peu de cognac que l'employée du vestiaire avait apporté.

– C'est idiot... Je me suis sentie mal toute la soirée...

– Vous devriez rentrer chez vous, suggéra Cassandra. Y a-t-il quelqu'un pour vous reconduire ?

– Non. Je suis venue dans la voiture de lord Carwen qui m'attendait à la sortie du théâtre.

– Voulez-vous que je le prévienne ?

– Non ! Non ! Je ne veux pas l'inquiéter. Je ne le connais pas très bien.

– Dans ce cas, nous pouvons peut-être vous ramener? Vous habitez loin?

– Non... derrière Drury Lane.

– Vous êtes sûre qu'il ne vaudrait pas mieux avertir lord Carwen?

– Certaine! Tout ce que je désire, c'est rentrer chez moi et me coucher. Je n'aurais jamais dû venir. J'ai déjà eu du mal à tenir jusqu'à la fin de la représentation.

Encore toute pâle, les mains tremblantes, elle se leva.

– Venez! dit Cassandra en souriant. Plus vite vous serez au lit, mieux cela vaudra. Comment vous appelez-vous?

– Nancy... Nancy Wood.

– Si vous ne voulez vraiment pas dire au revoir à lord Carwen, nous allons laisser un message au maître d'hôtel.

Cassandra la prit par la taille pour l'aider à marcher jusqu'à la sortie, où le duc attendait. Il les regarda avec surprise.

– Je vous présente Mlle Nancy Wood, dit Cassandra, une actrice du *Gaiety*. Elle ne se sent pas bien et je lui ai promis de la ramener chez elle.

– Bien sûr, répondit le duc.

Il les aida à s'installer dans la voiture sans poser aucune question. Nancy donna son adresse d'une voix si faible que Cassandra crut qu'elle allait avoir un nouveau malaise.

Ils firent le trajet en silence. Nancy Wood habitait un quartier aux rues étroites, sales et misérables. Ils s'arrêtèrent devant une maison qui n'avait rien d'engageant.

– Vous avez la clef? demanda le duc qui alla ouvrir la porte.

– Je ferais bien de l'accompagner, dit Cassandra.

– Vous y arriverez toute seule?

– Bien sûr, dit Cassandra en souriant.

Elle aida Nancy Wood à grimper un escalier comme un raidillon, sentant la crasse, le gaz et le graillon, et recouvert d'un linoléum plein de trous. Nancy ouvrit une petite porte et alluma une chandelle. Cassandra aperçut un lit défait et un désordre indescriptible. Robes, bas, sous-vêtements, chaussures traînaient un peu partout. Une table était encombrée d'objets de toute sorte : brosse sale, peigne sans dents, mascara, fleurs artificielles qu'on aurait dû jeter depuis des années.

– Excusez le désordre, dit Nancy Wood d'une voix faible.

– Ne vous inquiétez pas de cela pour l'instant. Couchez-vous. Et si cela ne va pas mieux demain, il faudra voir un médecin.

– Un médecin ne peut rien pour moi...

Elle se laissa tomber assise sur le lit, accablée.

– Pourquoi ? Qu'est-ce qui ne va pas ?

– J'attends un enfant, répondit Nancy Wood.

Et elle fondit en larmes.

6

Cassandra rejoignit le duc qui l'attendait, inquiet.
– Vous êtes restée bien longtemps...
– Elle est... malade. Je ne sais pas quoi faire.
– Qu'est-ce qui ne va pas?
Cassandra rougit, mal à l'aise:
– Je ne peux pas vous le dire...
– Je pense qu'elle est enceinte?
Stupéfaite, Cassandra ouvrit de grands yeux.
– Comment l'avez-vous deviné?
– Dans ce cas, vous n'y pouvez rien, dit le duc d'un ton sans réplique.
– Mais elle a l'air tellement désespérée...
– Lui avez-vous laissé de l'argent?
– Je n'ai pas pensé à ça!
– Attendez-moi un instant!
Il se dirigea vers l'escalier.
– Non! Vous ne pouvez pas y aller! Elle... elle est au lit.

Mais le duc ne parut pas l'entendre et disparut. Cassandra resta là, indécise, choquée à l'idée de ce désordre sordide qu'il allait voir, choquée surtout d'avoir abordé avec lui un sujet pareil. Aucune femme respectable n'aurait songé à en parler avec un homme. Même avec ses pareilles, une femme mariée faisait tout au plus allusion à une « condition intéressante » ou au fait que la famille allait bientôt compter un membre de plus. Mais discuter d'un pareil sujet avec quelqu'un qui n'était ni sa mère si son mari, c'était vulgaire et obscène.

D'ailleurs, la conception d'un enfant était, pour Cassandra comme pour la plupart des jeunes filles de son âge, entourée d'un grand mystère. Et le fait que Nancy lui ait parlé de son état lui avait fait un effet terrible. Comment le duc avait-il pu comprendre si vite la situation?

Lorsqu'il réapparut, quelques instants plus tard, elle n'osa pas le regarder dans les yeux. Sans un mot, il la prit par le bras et l'aida à remonter en voiture.

– Je n'ai pas pensé à lui donner de l'argent, remarqua Cassandra. C'est idiot, mais de toute façon, je n'avais pas un sou sur moi.

– Vous ne pouvez rien d'autre pour elle.

– Mais il faut que j'essaye de l'aider! Elle ne peut pas retourner dans sa famille...

– Pourquoi pas?

– Parce qu'elle s'est enfuie de chez elle pour faire du théâtre. Son père est pasteur dans le Wiltshire et elle ne lui a plus donné signe de vie depuis qu'elle est arrivée à Londres.

– Vous ne pouvez quand même pas vous sentir responsable de quelqu'un que vous n'aviez jamais vu jusqu'à ce soir, sous prétexte que vous avez eu le malheur de vous trouver là au moment où elle s'est évanouie!

– Vous êtes sans cœur. Cruel, même. Cette fille a des ennuis et il faut bien que quelqu'un l'aide!

– Je lui ai laissé de l'argent et je lui en apporterai encore demain.

– C'est très gentil de votre part, répondit Cassandra, un peu radoucie. Mais quand elle ne pourra plus jouer, il va bien falloir qu'elle vive quelque part. Et même si elle est prête à garder son bébé dans une horrible chambre, rien ne dit que le propriétaire l'y autorisera.

Comme le duc se taisait, elle poursuivit:

– Je pensais que le père de l'enfant pourrait l'aider.

Mais elle m'a dit quelque chose... j'avoue que je n'ai pas compris.

– Quoi donc?

– Qu'elle ne savait pas... qui c'était! Comment est-ce possible qu'elle ne sache pas qui est le père?

Le duc la regarda en silence et demanda brusquement:

– Quel âge avez-vous?

Cassandra crut qu'il essayait de changer de sujet et hésita à répondre. Lui dire qu'elle n'avait que vingt ans, c'était avouer qu'elle était rarement montée sur scène. D'autre part, elle répugnait à lui mentir encore. Elle lui avait déjà tellement raconté d'histoires! Elle aurait voulu être honnête avec lui, qu'il n'y ait pas de secrets entre eux...

– Je croyais, dit-elle enfin d'un ton qu'elle espérait léger mais qui n'était qu'enfantin, que cela ne se faisait pas de demander son âge à une femme.

– Alors, acceptez mes excuses...

Arrivant à Bury Street et pendant que le cocher allait réveiller le portier, le duc dit à Cassandra:

– Ne vous faites pas de souci, Sandra. Je viendrai vous chercher demain à midi, et, si vous voulez, nous irons la voir avant de partir à la campagne.

– C'est une très bonne idée. Je vous en remercie.

Comme elle s'apprêtait à descendre de voiture, le duc demanda:

– Tout ira bien? Je n'aime pas vous savoir seule dans cet appartement.

– Mais je ne suis pas seule, répondit Cassandra sans réfléchir.

Le duc eut un haut-le-corps et elle ne remarqua pas l'étrange expression qui se peignait sur son visage.

Cassandra fut prête à midi, mais il lui fallut pour cela un grand effort. D'abord, elle avait dû expliquer à sa tante qu'elle serait absente jusqu'à lundi.

– Qui sont ces amis chez qui tu te rends? demanda lady Fladbury, curieuse.

Cassandra pensa qu'il valait mieux dire la vérité.

– J'ai été invitée chez lord Carwen. C'est à peine à trois quarts d'heure de Londres.

– Les Carwen? s'écria lady Fladbury. Je pensais que lady Carwen se trouvait rarement en Angleterre. Elle préfère Paris; il est vrai qu'elle est à moitié française. Je ne l'ai jamais rencontrée mais il paraît que c'est une très belle femme; et lord Carwen a la réputation d'être gai.

– Il est déjà assez âgé, fit remarquer Cassandra, pensant que cela faisait plus sérieux.

– Il n'a que quarante ans! Bien sûr cela te paraît vieux... Mais il y aura certainement aussi beaucoup de jeunes gens. Amuse-toi bien, ma chérie!

Le premier obstacle était franchi. Le second, Hannah, se révéla beaucoup plus difficile à contourner.

– Si vous allez dans un endroit comme il faut, mademoiselle Cassandra, pourquoi ne m'emmenez-vous pas? demanda-t-elle, très fâchée. Jusqu'à présent, il a toujours été convenu que vous veniez avec votre femme de chambre.

– Je sais bien, Hannah. Mais nous serons très nombreux pendant ce week-end, et je crains qu'il n'y ait pas de place pour loger les femmes de chambre.

– Je ne sais pas ce qu'en penserait votre mère! Vraiment, je ne sais pas! Partir seule comme cela! Et pourquoi Monseigneur ne vient-il pas vous chercher ici s'il est aussi respectable que vous le dites?

– Allons, Hannah! Sois un peu compréhensive! Je t'ai déjà expliqué que je jouais un rôle. Je te promets que je ne ferai rien de mal. Tante Eleanor connaît bien lord et lady Carwen et elle m'aurait déconseillé d'aller chez eux si elle y avait trouvé à redire.

– Ma foi, ça ne me plaît pas quand même! Tant que j'ai les yeux sur vous, je suis tranquille. Mais comme ça... Dieu sait ce qui peut arriver!

– Quoi donc? Il ne s'agit que de deux jours! Attends-moi à l'appartement lundi matin. Je serai là vers l'heure du déjeuner.

Tout en grommelant et en marmonnant, Hannah commença à faire les valises. Elle les transporta à Bury Street et y ajouta de très mauvaise grâce les vêtements d'actrice de Cassandra. Mais elle se montra inflexible sur un point: Cassandra voyagerait dans une de ses robes et avec un manteau chaud. Elle fit une telle scène que Cassandra fut obligée de céder.

Elle mit donc sa robe de velours bleu de chez Jay, qui avait coûté à son père une petite fortune, et un chapeau assorti. Elle avait l'air toute jeune ainsi vêtue, et sa tenue accentuait la fraîcheur exquise de sa peau et les reflets d'or de ses cheveux. Elle essayait de se consoler, on lui avait toujours dit qu'elle avait quelque chose de théâtral. Le duc n'y verrait sans doute aucune différence.

Les valises faites, Hannah calmée, restait une lettre à rédiger. Imitant une fois de plus l'écriture de son père, sur le papier armorié qu'elle avait emporté du Yorkshire, elle donna ordre à la salle des ventes de Tattersall d'acheter en son nom tous les chevaux du duc qui seraient mis en vente le lundi suivant.

Elle mettait par là même un terme à son séjour à Londres: il lui faudrait absolument être de retour dans le Yorkshire avant que son père ne reçoive confirmation de l'achat et la facture de Tattersall. Elle avait beau savoir qu'elle ne faisait en cela que devancer ses vœux, elle n'en aurait pas moins des explications à lui fournir...

Encore une fois, elle se sentait entraînée comme par un courant: quelque chose d'extraordinaire se préparait, mais elle ne savait pas quoi. Elle ne savait qu'une chose: elle éprouvait pour le duc un amour violent. Chaque minute passée loin de lui semblait une année, et en sa présence, les heures filaient comme le sable entre les doigts.

Elle dépêcha un valet de pied avec sa lettre à Tattersall et prit avec Hannah le chemin de Bury Street. Elles arrivèrent à temps et tandis que Hannah mettait la dernière main à ses valises, tout en grommelant et en pestant, Cassandra se mit à guetter le duc par la fenêtre.

– Voilà la voiture! s'écria-t-elle tout à coup. Oh! Il y en a même deux!

Elle dévala aussitôt l'escalier et rencontra le duc dans le vestibule.

– Je suis prête, dit-elle gaiement.

Devant le regard admiratif qu'il lui jetait, elle ne regretta pas d'avoir mis son ensemble de velours bleu, sur l'ordre de Hannah.

– Je vois avec plaisir que vous avez un manteau chaud, remarqua-t-il. Il fait très beau et je vous propose de prendre le phaéton ouvert. J'ai une remorque pour les bagages. Mon domestique va s'en occuper.

Il l'aida à monter en voiture et Cassandra demanda aussitôt:

– Vous n'avez pas oublié que nous devons d'abord aller voir Nancy?

– C'est déjà fait.

– Vous y êtes allé? s'écria Cassandra, stupéfaite. Comment va-t-elle?

Pour toute réponse, il sortit d'une poche une enveloppe qu'il tendit à Cassandra avec une expression bizarre.

– Que s'est-il passé? Qu'a-t-elle dit?

– Elle n'était pas chez elle, répondit-il tranquillement.

Etonnée, Cassandra ouvrit l'enveloppe qui portait pour toute inscription: « Sandra ». Elle y trouva un petit mot écrit soigneusement au crayon:

« Merci pour votre gentillesse. Mais ni vous ni personne ne pouvez rien pour moi. Je préfère affronter Dieu que mon père! Lui me pardonnera peut-être.
« Nancy ».

– Mais qu'est-ce que cela veut dire? Où est-elle partie? Je ne comprends pas... murmura Cassandra, effrayée.

– J'ai trouvé sa porte ouverte, la chambre vide et,

sur la table, cette lettre et l'argent que je lui avais laissé hier soir.

– Qu'est-ce que...

– Je pense qu'elle a choisi la solution la plus simple. Elle n'avait guère le choix.

– Vous voulez dire... le suicide?

– J'imagine qu'elle va faire partie de ces nombreux corps non identifiés que l'on repêche tous les jours dans la Tamise.

– Mais il faut faire quelque chose! Des recherches, une enquête!

– Vous aurez alors affaire à la police, et je ne crois pas que cela soit souhaitable.

Au mot de « police », Cassandra se tut aussitôt.

– Après tout, continua-t-il, tout ce que nous pourrions leur montrer, c'est cette lettre. Nous ne savons même pas où est son père, ni même si Wood est son nom véritable.

– Oui... Bien sûr...

– Nous serions impliqués dans un scandale bien inutilement. Il est de toute façon trop tard pour l'aider.

– Mais la police va sans doute faire une enquête?

– Cela m'étonnerait qu'elle aille très loin.

Cassandra redoutait bien sûr que la police ne découvre qu'ils avaient été les derniers à voir Nancy vivante: son déguisement serait percé à jour, les journaux se jetteraient sur l'histoire et son père serait furieux. Mais pour l'instant, elle était horrifiée par le sort de Nancy.

– C'est terrible! Comment a-t-elle pu faire une chose pareille? Elle m'a dit hier soir que son père ne lui pardonnerait jamais. Cela paraît si peu... chrétien...

Le duc ne disait rien, concentré sur la conduite de ses chevaux. Cassandra regardait droit devant elle et ne voyait que le petit visage pâle et effrayé de Nancy Wood, n'entendait que sa voix désespérée, ses sanglots...

– Essayez de ne plus penser à tout ça, dit enfin le duc. Ça ne sert qu'à vous rendre malade... De son point de vue, Nancy Wood a bien fait. Quel avenir les attendait, elle et son enfant?

Evidemment, le duc avait sans doute raison. Mais comment la fille d'un pasteur, dotée d'une bonne éducation, avait-elle pu se mettre dans une pareille situation? Pourquoi n'y avait-il personne pour l'épouser et légitimer l'enfant? Des milliers de questions l'assaillaient qu'elle aurait voulu pouvoir poser au duc. Mais il refuserait sans doute de répondre. Elle avait déjà l'impression qu'une barrière s'élevait entre eux...

Sentant fuir son propre bonheur, Cassandra fit un effort désespéré pour s'intéresser à autre chose. Comme si le duc l'avait compris, il se mit à parler de chevaux.

– Certains collectionnent les chevaux comme d'autres les peintures ou les objets d'art, déclara-t-il en souriant.

– C'est ce que vous aimeriez faire?

– Je n'en ai malheureusement pas les moyens. Mais si je le pouvais, je collectionnerais les deux!

– Vous avez certainement quelques très beaux tableaux à Alchester Park.

– Notre collection de portraits est exceptionnelle, en effet. Tous les chefs de la famille se sont fait représenter avec leur femme tout au long des âges, parfois par de grands maîtres, parfois par ce que mon père appelait le « menuisier du village ». Mais ils sont tous là: d'abord les comtes et les comtesses, puis les ducs et les duchesses.

– Et le vôtre? Il est...

– Non... Il est de tradition que le tenant du titre attende d'être marié.

Une ombre passa sur son visage. Il pensait évidemment à ce mariage qu'on avait arrangé pour lui et elle eut une brusque envie de lui dire la vérité. Mais elle recula, effrayée. Lorsqu'elle avait élaboré son plan, elle s'était dit que si le duc n'aimait pas une autre femme, elle saurait bien s'arranger pour le séduire. Et comme dans un conte de fées, elle arracherait son déguisement et lui révélerait qui elle était... Mais pour la première fois elle avait peur que le duc ne pense qu'on l'avait trompé, qu'on avait voulu lui forcer la main... « J'ai fait un beau gâchis! » songea-t-elle. Comment sortir maintenant de cette situation qui avait toutes chances d'être mal interprétée?

Ils roulaient déjà depuis un certain temps dans la campagne quand Cassandra s'avisa de demander où ils allaient.

– La propriété de lord Carwen n'est qu'à trois quarts d'heure de Londres, et on ne nous attend que pour le thé. Je n'ai pas l'intention d'arriver une seconde avant l'heure fixée! Pour l'instant, je vous emmène déjeuner au bord du fleuve, dans une auberge qui, je l'espère, vous plaira. A cette époque-ci, il ne devrait pas y avoir grand monde.

L'auberge était charmante, en effet, très ancienne, avec de magnifiques poutres de chêne et une cheminée monumentale où brûlait une énorme bûche. La cuisine était simple et savoureuse.

Assis face à face près d'une fenêtre qui donnait sur la Tamise, ils oublièrent Nancy Wood et reprirent leur conversation là où ils l'avaient laissée la veille. L'intelligence de l'un stimulait celle de l'autre et ils discutaient sur un véritable pied d'égalité.

– Comment pouvez-vous être à la fois aussi belle et aussi intelligente? demanda-t-il soudain.

– Dans votre bouche, cela ne sonne pas comme un compliment!

– Ce n'en est pas un! La plupart des hommes détestent les femmes intelligentes. Elles leur font peur.

– Et vous?

– Je vous trouve très intéressante, Sandra. Mais je n'arrive pas à comprendre pourquoi, avec tant d'esprit, vous avez choisi cette profession.

– Il n'existe pas beaucoup de carrières accessibles aux femmes.

– C'est vrai. Mais qui voudrait voir une femme membre du Parlement, une femme avocate, une femme agent de change ou, pire, une femme juge?

– Pourquoi cela ne serait-il pas possible?

– Parce que les femmes sont pleines de préjugés et qu'elles ont l'esprit particulièrement illogique.

C'était une provocation que Cassandra ne pouvait pas laisser passer. Ils se remirent à discuter avec feu, jusqu'au moment où le duc, se renfonçant dans son siège, s'exclama:

– Je retire tout ce que j'ai dit! Vous êtes un bas-bleu! Si vous étiez ma fille, je vous expédierais tout droit à Oxford pour voir comment vous vous débrouillez parmi toutes ces étudiantes féministes!

Comme Cassandra souriait, il ajouta:

– Voyez-vous comme c'est injuste! Quand vous souriez de cette façon, quel est l'homme qui pourrait vous refuser quoi que ce soit, au risque d'en pâtir?

Ils restèrent encore longtemps à table. Les autres clients avaient disparu, les serveurs aussi, ils étaient seuls dans la salle.

– J'aimerais ne pas avoir à quitter cet endroit pour nous rendre à cette ennuyeuse partie de campagne, déclara le duc brusquement.

– Vous pensez que ce sera ennuyeux?

– Il y aura d'autres gens, alors que je vous veux pour moi tout seul.

– Moi aussi, j'aimerais mieux... être seule avec vous, murmura-t-elle.

– Vous le pensez vraiment? demanda-t-il en lui prenant la main. Savez-vous ce qui nous est arrivé, Sandra? continua-t-il à voix basse. Je crois que je suis tombé amoureux de vous à l'instant même où nous avons été présentés. Pas seulement parce que vous me paraissiez plus jolie et plus séduisante que les autres. Non... il y avait quelque chose d'autre. L'avez-vous éprouvé aussi?

Son cœur battait si fort dans sa poitrine que Cassandra était incapable de proférer un seul mot. Le duc lui lâcha la main et se leva brusquement.

– Inutile de parler de cela! dit-il d'une voix rauque. Venez! En prenant des chemins détournés, histoire de vous montrer un peu la campagne, nous arriverons juste à l'heure.

Cassandra resta rivée à son siège, comme si elle avait reçu une gifle. Tout à coup, elle comprit qu'elle était confrontée à un nouveau dilemme: le duc avait reconnu qu'il l'aimait mais il n'était pas prêt à en tirer les conséquences. La raison gouvernait son cœur! L'argent était plus important pour lui que l'amour!

Il l'aimait – ce qu'elle avait tant espéré –, mais il était prêt à la sacrifier à une riche héritière qu'il n'avait jamais vue! Cette idée était insupportable.

Imaginer l'homme idéal, le héros de son enfance épris d'une autre, voilà qui était déjà assez douloureux. Mais qu'il l'aime et n'ait pas le courage de prendre les mesures nécessaires, c'était là une souffrance qu'elle n'aurait jamais pu imaginer.

Elle ne pouvait continuer cette farce plus longtemps. Ni lui dire non plus la vérité et supporter son mépris ou, pire, sa satisfaction d'obtenir à la fois celle qu'il aimait et l'argent dont il avait si désespérément besoin! Non, c'était au-dessus de ses forces!

Mais son rôle allait être bien difficile à jouer désormais...

L'après-midi était déjà fort avancé quand ils se remirent en route. La campagne était magnifique, l'air relativement doux. Les haies étaient bordées de primevères, et dans les prés les jonquilles pointaient leurs trompettes d'or.

Cassandra, silencieuse, songeait combien elle détestait le duc quand il lui déclara doucement:

– Lorsque je vous regarde, j'ai l'impression que vous êtes le printemps et que, par magie, vous êtes capable de dissiper pour moi la tristesse de l'hiver.

Cassandra sentit son cœur bondir dans sa poitrine. Elle avait envie de se rapprocher du jeune homme, poser la tête sur son épaule. Qu'importait ce qui pouvait arriver après? Seul comptait l'instant présent, la joie d'être auprès de lui, avec lui...

Ils roulèrent longtemps par les petites routes, les chemins de terre, à travers les bois et jusqu'au sommet d'une colline d'où l'on apercevait la vallée du côté de Chiltern Hills. Ils bavardaient de choses et d'autres, mais sous les mots anodins quelque chose de magique s'était produit qui les avait peu à peu attirés. Et tout à coup, sans même qu'il l'ait touchée, elle s'était retrouvée dans ses bras et avec chaque mot qu'il prononçait il déposait un baiser sur ses lèvres. Mais bientôt, bien trop tôt, le soleil commença à disparaître à l'horizon, le ciel devint un kaléidoscope de couleurs, et devant eux apparut une immense maison en pierre, aux toits ornementés, surplombant les arbres tout autour.

– C'est là? demanda Cassandra.

– Oui, répondit le duc brièvement.

Cette propriété qui respirait la pompe, la richesse et la prétention était bien à l'image de lord Carwen. Les pelouses avec leurs plates-bandes conventionnelles, les grilles dorées, les haies d'ifs soigneusement taillées pour contrefaire la nature, tout paraissait trahir le caractère du propriétaire. De même que l'immense vestibule, où une demi-douzaine de valets de pied, en livrée galonnée d'or, attendaient les invités.

– Sa Seigneurie sait vivre! remarqua-t-elle, tandis qu'ils suivaient un majordome à travers de larges corridors ornés de tableaux de valeur.

Lorsqu'ils arrivèrent dans un vaste salon, lord Carwen s'arracha à un petit groupe d'invités qui faisait cercle autour de la cheminée pour venir à leur rencontre. Il prit la main de Cassandra et la baisa.

– Permettez-moi de vous souhaiter la bienvenue dans ma maison, jolie mademoiselle, dit-il en lui jetant un regard qu'elle trouva particulièrement déplaisant.

Elle fit une petite révérence et lui reprit sa main, non sans difficulté.

– Varro, mon cher, vous êtes le bienvenu comme toujours. Vous connaissez tous ceux qui sont ici. Mais je dois leur présenter Sandra.

Les convives étaient pour la plupart des intimes de lord Carwen. Celui-ci plaisantait d'une façon que Cassandra trouvait insultante pour les femmes présentes. Elle ne pouvait pas imaginer son père se comportant de cette manière devant les dames. Puis, tout à coup, elle se rappela que pour lord Carwen, elle n'était pas une « Dame »! D'ailleurs elle ne savait pas très bien dans quelle catégorie il fallait placer les autres invitées. Entre autres, une fort belle femme d'environ trente-cinq ans, visiblement bien née, et qui flirtait avec un grand savoir-faire avec le comte de Wilmere, un homme d'âge mûr qui répondait à ses provocations par des rires bruyants. Cassandra, naïvement, les prit pour un couple marié, si bien que, voulant se montrer polie, elle demanda:

– Vous vivez avec votre époux près d'ici?

Lady McDonald s'exclama:

– Mais ce n'est pas mon mari! Je le voudrais bien, et ce pauvre vieux Jimmy aussi! Malheureusement il a pour femme un véritable dragon et six enfants impossibles!

Cassandra écarquilla les yeux.

– Comment va votre époux, Julie? lui demanda une autre invitée.

– Toujours aussi ennuyeux! répondit lady McDonald. Toujours drapé dans son tartan et son orgueil d'homme du Nord.

– Il refuse toujours de divorcer?

– Il ne veut pas en entendre parler! Il dit qu'il n'y a jamais eu de scandale dans sa famille et qu'il n'y en aura pas!

Cassandra était horrifiée. Mais après tout, qu'attendait-elle? On la prenait pour une actrice... « Ce sera amusant de voir comment ces gens se comportent », pensa-t-elle, luttant contre sa gêne. On attendait encore d'autres invités, qui devaient arriver dans la soirée, après le théâtre. Lily Langtry et Freddy Gebhard, quelques personnalités du *Gaiety* et la vedette du *Daly's Theatre*.

– La maison sera pleine, dit lady McDonald. Allons voir notre installation.

Sur une console, on avait placé le plan des chambres. C'était la première fois que Cassandra voyait cela. Dans les maisons où elle avait été invitée jusqu'ici, il y avait bien sûr toujours un plan de table pour que chacun trouve aussitôt sa place sans avoir à errer à la recherche de son carton. Mais un plan des chambres, c'était là quelque chose de nouveau! Elle remarqua que la plupart d'entre elles comprenaient des suites. La sienne, la « chambre bleue », disposait d'un boudoir et d'un salon. Elle était voisine de la « chambre rouge », attribuée au duc. Lady McDonald se livra à quelques commentaires au sujet de celles qui avaient été données à une certaine Rosie et à un certain Jack:

– Jack devra sortir dans le couloir, dit-elle en riant. Et s'il y a une chose qu'il déteste, c'est bien cela!

Tous se mirent à rire. Cassandra ne voyait pas en quoi cela pouvait être gênant d'avoir à sortir dans le couloir. Mais de toute façon, elle ne comprenait rien à la plupart des choses qu'elle entendait et elle fut soulagée quand elle put enfin se retirer dans sa chambre, où elle trouva ses affaires déjà rangées. Elle sonna la femme de chambre qui vint l'aider à enlever sa robe.

– Allez-vous vous reposer sur le lit ou sur la chaise longue, mademoiselle? lui demanda celle-ci.

– Sur le lit, répondit Cassandra.

Elle s'enveloppa dans le châle en soie que Hannah avait placé dans sa valise et s'allongea sous l'édredon en satin.

– Je prendrai un bain, une heure avant le dîner, dit-elle en fermant les yeux.

Elle espérait pouvoir dormir un peu car elle se sentait lasse. Mais ses pensées allèrent vers le duc. « Je veux qu'il m'aime, se disait-elle. Mais je veux aussi qu'il soit convaincu que rien, pas même l'argent, n'est plus important que notre amour. Je veux qu'il me dise la vérité, qu'il m'avoue qu'il va se marier par intérêt. Peut-être qu'alors je pourrai lui révéler qui je suis. » Elle était toujours en train de penser à lui quand la femme de chambre entra pour allumer les lampes à gaz et installer son bain près du feu.

– Quelle robe mettrez-vous, mademoiselle?

Brusquement, pour se démarquer de toutes ces femmes qu'elle venait de voir, elle décida qu'elle ne porterait aucune de ces toilettes provocantes qu'elle avait achetées chez Chasemore. Elles la dégoûtaient et Cassandra en choisit une qu'Hannah avait emballée malgré ses protestations. D'une élégance raffinée, avec de la dentelle, un décolleté très décent et qui accusait la finesse de sa taille.

Cassandra n'ouvrit pas son coffret à bijoux. Elle pria la femme de chambre de la coiffer exactement comme Hannah le faisait, avec de longues tresses enroulées sur la tête, à la grecque. Bien sûr, il ne lui était pas possible d'atténuer le bleu de ses yeux ni le noir de ses cils, si longs qu'ils ne paraissaient pas naturels. Et pour ne pas soulever de commentaires, elle ajouta un soupçon de poudre sur ses joues et une touche de rouge sur ses lèvres.

– Vous êtes ravissante, mademoiselle, remarqua la femme de chambre. Je n'ai jamais vu de robe aussi jolie. J'ai même cru d'abord qu'il s'agissait d'une robe de mariée!

L'ayant congédiée, Cassandra descendit au salon. Elle se sentait un peu nerveuse. Le valet de pied l'introduisit dans une pièce très agréable, éclairée au centre par un énorme chandelier, et un peu partout par des candélabres italiens. Lord Carwen avait déjà expliqué qu'il détestait l'éclairage au gaz et que les femmes paraissaient beaucoup plus jolies à la lueur des bougies.

Il se tenait là, devant la cheminée. Cassandra s'aperçut qu'elle était la première à apparaître pour le dîner.

– Je suis un peu en avance, dit-elle vivement.

– Il n'est jamais trop tôt pour moi! répondit-il en lui prenant la main et en la pressant longuement contre ses lèvres.

A ce contact, Cassandra frémit de dégoût.

– Vous êtes jolie et je suis particulièrement heureux de vous voir chez moi. Nous avons mille choses à nous dire, petite Sandra.

Elle essaya en vain de lui retirer sa main.

– Je vous en prie! insista-t-elle en rougissant.

– Auriez-vous peur qu'on nous surprenne? Si c'est le cas, nous irons plus tard dans un endroit tranquille où nous pourrons apprendre à nous connaître...

Il lui lâcha la main à contrecœur et Cassandra en profita pour s'écarter de lui.

– Je crois, dit lord Carwen en la suivant et en la serrant de près, que notre rencontre est appelée à compter beaucoup pour nous deux.

– Je pense que vous vous trompez, milord, répondit-elle fermement.

– Je ne me trompe jamais quand une jolie femme est en cause. Dès que je vous ai vue, Sandra, j'ai éprouvé le désir de vous connaître mieux... beaucoup mieux...

Cassandra détourna la tête.

– J'ai un cadeau pour vous, continua-t-il, qui devrait vous plaire. Quelle que soit votre pierre favorite, j'ai déjà décidé que c'était le diamant qui vous convenait le mieux.

Il avait une façon de regarder son cou comme s'il la touchait.

– Je n'accepte jamais de cadeau d'un... étranger, milord.

– Nous ne resterons pas des étrangers bien longtemps, répondit-il en souriant.

Il était absolument sûr de lui, sûr qu'il pouvait dire ou faire tout ce qu'il voulait sans qu'elle puisse trouver à y redire.

– J'ai bien peur qu'il y ait un malentendu entre nous. Je ne suis là que parce que je suis une amie du duc. Vous nous avez invités ensemble et cela a été pour moi une grande joie de faire le trajet avec lui, dans sa voiture. Est-ce assez clair?

Elle craignait d'avoir été trop brutale mais, à sa grande surprise, lord Carwen se mit à rire.

– J'apprécie votre esprit, mais je vous garantis que vous trouverez en moi quelqu'un d'infiniment plus généreux qu'Alchester. D'ailleurs, plus je vous vois, plus je suis convaincu que nous allons très bien nous entendre.

– Vous vous trompez, milord, répéta Cassandra.

A son grand soulagement, le duc entra à ce moment-là. Elle faillit pousser un cri de joie. Si elle pouvait au moins se précipiter à sa rencontre. Si elle pouvait au moins s'accrocher à lui, s'assurer qu'il était bien là, qu'il la protégerait. Les avances de lord Carwen n'avaient rien de menaçant, et pourtant, elle avait peur. Pour une raison inexplicable, elle avait vraiment peur.

7

Le dîner ne fut pas aussi bruyant ni aussi gai que Cassandra s'y attendait. Les hommes étant en surnombre, ceux qui se trouvaient assis ensemble se mirent à parler sport. Cassandra était placée entre une femme d'âge mûr, plongée dans une discussion sur la chasse avec son voisin, et le duc à sa gauche. Celui-ci paraissait bien silencieux et il arborait même par moments une expression soucieuse. Fallait-il mettre cela sur le compte de la conversation qu'il avait eue avec lord Carwen, lorsqu'il était entré au salon et l'avait trouvée seule avec lui?

– Je voudrais vous parler, Varro, avait dit lord Carwen.

Le duc s'était contenté de le regarder d'un air interrogateur.

– De Veet vient d'arriver. Je voudrais que vous vous montriez aimable avec lui.

– Je ne l'aime pas, avait répliqué le duc.

– Quelle importance?

– C'est justement très important en l'occurrence. Je suis sûr qu'on ne peut pas lui faire confiance.

– C'est votre opinion. Mais j'ai examiné les choses de très près et je vous assure, Varro, que vos doutes ne sont pas fondés.

Le duc s'était approché de la cheminée et, présentant ses mains au feu comme s'il avait froid, avait répondu tranquillement:

– Cela ne m'intéresse quand même pas, Carwen.

– Ecoutez, Varro... avait commencé lord Carwen, l'air furieux.

Mais il n'eut pas le temps de terminer; la porte s'était ouverte pour laisser passer un flot d'invités, dont quelques nouveaux arrivants, et parmi eux De Veet. Originaire d'Afrique du Sud, c'était un homme épais et vulgaire, vêtu de façon voyante, et qui parlait avec un accent caractéristique. Pour Cassandra le duc avait raison: on ne pouvait pas faire confiance à cet homme.

Pourquoi lord Carwen tenait-il tant à ce que le duc soit aimable avec lui? Sans doute devait-il y avoir derrière tout cela des affaires en jeu, car lord Carwen se montrait avec lui d'une chaleur inhabituelle. Et à table, De Veet se trouva placé entre les deux plus charmantes personnes de l'assistance.

Le dîner se prolongea très tard et les comédiens finirent par arriver. Mme Langtry était resplendissante dans sa robe du soir et ses bijoux. On aurait dit qu'elle était passée directement de sa loge dans ce salon. Elle salua Cassandra d'un sourire charmant, mais sembla surprise de la trouver là.

– Je vous suis très reconnaissant, Lily, de m'avoir présenté Sandra, lui dit lord Carwen. Il est vrai que vous avez toujours eu un goût irréprochable.

– J'avais cru comprendre que c'était Varro qu'elle désirait rencontrer? répliqua Mme Langtry, non sans malice.

– Varro est là aussi...

– C'est très généreux de votre part, remarqua-t-elle avec un petit sourire.

Quand tout le monde fut réuni, on ouvrit les portes d'un salon attenant où se trouvaient installées des tables de roulette, de baccarat et de bridge.

– Vous voulez jouer? demanda le duc.

Cassandra secoua la tête.

– J'ai horreur de ces jeux.

– Alors, allons nous asseoir près du feu.

Ils restèrent dans le salon tandis que les autres se précipitaient dans la pièce voisine.

– Je crois que je vais bientôt aller me coucher. C'est ma troisième soirée de fête et je me sens un peu fatiguée, dit Cassandra.

– Cela ne se voit pas, répondit le duc.

Elle était assise dans un fauteuil qui faisait comme un cadre à sa robe de dentelle ivoire. Les reflets d'or de ses cheveux brillaient à la lueur des bougies et ses yeux paraissaient encore plus bleus.

– Je me suis senti très heureux aujourd'hui, dit le duc doucement.

– Je n'avais jamais fait cela avant... murmura-t-elle sans réfléchir.

– Quoi donc?

– Partir seule avec un homme en voiture et déjeuner dans une auberge.

Elle se demanda tout à coup s'il n'allait pas trouver cette réflexion bizarre de la part d'une actrice. Il allait dire quelque chose quand lord Carwen apparut.

– Je me demandais ce que vous étiez devenus, tous les deux!

– Je ne joue pas, répondit vivement Cassandra.

– Peut-être parce que vous ne savez pas? Permettez-moi de vous servir de professeur.

– Non, merci, répondit-elle. Pour être franche, cela me paraît une façon stupide de passer le temps, alors qu'on peut parler, lire ou faire mille choses plus intéressantes.

– Je suis bien d'accord avec vous! répondit lord Carwen avec un sourire. Varro, poursuivit-il, si vous êtes vraiment décidé à ne pas faire ce que je vous ai demandé, en ce qui concerne De Veet, pourriez-vous au moins lui en dire un mot? Il vient de m'expliquer qu'il compte sur vous. Si vous avez changé d'avis, ce serait une erreur de le laisser dans l'ignorance.

– Je n'ai pas changé d'avis! Je vous ai dit dès le début que je n'avais pas envie de m'associer avec lui.

– J'ai bien peur de vous avoir mal compris. J'ai

même dit à De Veet que vous me représenteriez à son conseil d'administration.

– Voilà quelque chose que je ne ferai jamais!

– Dans ce cas, mon cher ami, vous devriez le prévenir tout de suite.

– Il me semble quand même que cela peut attendre demain!

Lord Carwen secoua la tête.

– Si vous n'êtes pas disposé à coopérer, dans ce cas je m'adresserai à Wilmere. Il me tanne depuis quelque temps pour que je lui trouve une source de revenus.

Le duc se leva lentement.

– Très bien, je vais aller parler à De Veet. Vous venez avec moi, Sandra?

– Oui, bien entendu, répondit-elle en s'empressant de le suivre.

– Une minute, Sandra! intervint lord Carwen. J'ai quelque chose à vous montrer.

– De quoi s'agit-il?

– Oh! simplement du plan de mon domaine. Vous en avez parlé avec le colonel Henderson pendant le dîner.

– C'est exact. Il vous l'a dit?

– Il m'a raconté que vous vous intéressiez à mon parcours de steeple-chase.

– Le colonel Henderson me l'a déjà décrit. Il m'a expliqué que vos chevaux avaient gagné deux courses.

– Je dois en remercier Varro. C'est lui qui me les a vendus et je n'ai eu qu'à me louer de leurs performances.

Cassandra jeta un coup d'œil au duc, comprenant sans qu'il soit besoin de le dire combien cela avait dû lui être pénible de se séparer de ses précieux chevaux. Il avait dû encore avoir un urgent besoin d'argent!

– Les plans sont là, sur mon bureau. Laissez-moi vous les montrer.

Cassandra ne pouvait guère refuser. Le duc l'abandonna à contrecœur pour se rendre dans la salle de jeu.

Lord Carwen prit sur son bureau à incrustations d'ivoire un plan intitulé: « Steeple-chase de lord Carwen – 15 mars 1886. »

– Laissez-moi vous expliquer en quoi ce steeple-chase est différent de tous les autres.

Il déplia son plan et poursuivit:

– Contrairement à l'habitude, les juges ont ici la possibilité de surveiller tout le parcours. C'est également plus intéressant pour les spectateurs.

– Vous avez installé là un véritable champ de courses.

– Peut-être. Mais je ne m'intéresse pas tellement à la course en elle-même. Alors que pour Varro, c'est le « sport des rois ».

– Les chevaux de son père étaient célèbres! dit-elle, comme pour le défendre.

– Aimeriez-vous avoir votre propre cheval de course?

– Non, pas particulièrement...

– Qu'est-ce qui vous ferait plaisir, alors?

Cassandra ne répondit pas et, pour éviter son regard, baissa les yeux sur le plan. Lord Carwen posa brusquement devant elle un coffret à bijoux ouvert dans lequel un bracelet de diamants étincelait à la lumière des bougies.

– Je vous ai déjà dit, milord, que je n'acceptais jamais de cadeau d'un étranger, déclara froidement Cassandra, une fois revenue de sa stupeur.

– Je ne suis pas un étranger et vous savez aussi bien que moi que les diamants sont des choses que toute femme intelligente devrait collectionner.

– Merci beaucoup, mais ma réponse est non!

Comme elle tentait de s'éloigner, lord Carwen la retint par le poignet.

– Et quand vous vous serez montrée aussi gentille avec moi que je l'espère, je vous donnerai le collier assorti au bracelet.

– Comment vous faire comprendre, milord, que je n'accepterai pas de cadeau de vous? Aucun diamant, aussi gros, aussi cher soit-il ne me fera changer d'avis.

– J'imagine que vous vous croyez amoureuse de Varro?

– Cela n'a rien à voir!

– Je pense que si. Mais sachez que Varro ne pourra jamais rien vous offrir. Tandis que moi, j'ai les moyens d'être très généreux...

Cassandra essayait de dégager son poignet mais lord Carwen le tenait fermement. Elle n'avait pourtant pas vraiment peur: elle entendait à côté les voix des invités, et elle savait bien que lord Carwen ne risquerait pas un scandale.

– Lâchez-moi! dit-elle tranquillement.

– Je ne peux pas croire que vous soyez sérieuse en refusant mes cadeaux.

– N'auriez-vous pas entendu ce que je vous ai dit?

– Vous êtes merveilleuse! Vous êtes la femme la plus séduisante que j'aie rencontrée depuis des années. Non seulement à cause de vos cheveux, mais à cause de la courbe de vos lèvres, de la manière dont vos yeux brillent sous vos longs cils noirs...

– Je vous prierai de ne pas me tenir de tels propos. Je suis votre invitée et vous devez me traiter avec courtoisie.

Lord Carwen éclata de rire.

– Je n'ai pas envie d'être courtois avec vous, Sandra. J'ai plutôt envie de vous aimer, de vous embrasser, de faire vibrer ce petit corps qui est le vôtre...

– Je vois que j'ai commis une erreur en acceptant votre hospitalité. Je vais demander au duc de bien vouloir me reconduire dès demain matin.

– J'adore ce ton de défi! Chacune de vos paroles, chacun de vos gestes m'ensorcellent. Vous êtes adorable et terriblement excitante, petite Sandra! Savez-vous ce que je pense? Les femmes changent toujours d'avis et il en sera de même pour vous. Je vous veux et je vous aurai. Et je suis toujours vainqueur.

– J'ai bien peur que, cette fois, vous n'ayez rencontré votre Waterloo, répliqua-t-elle froidement.

Elle lui arracha son bras par surprise, lui tourna le dos et sortit sans ajouter un mot. Elle l'entendit rire dans son dos.

Elle trouva le duc en conversation avec M. De Veet dans un coin de la salle de jeu. Ils avaient l'air tous les deux très en colère.

– Je pense qu'il est temps pour moi d'aller dormir, dit-elle en s'approchant du duc.

– Bien sûr, la journée a été longue, répondit-il. Vous voudrez bien m'excuser, mais de toute façon il est inutile de prolonger cette discussion, ajouta-t-il à l'adresse de De Veet.

Prenant le bras de Cassandra, il l'entraîna vers le vestibule. Mais ils furent arrêtés en chemin par Mme Langtry.

– J'ai perdu tout l'argent de Freddy. Plus vite j'irai me coucher, mieux cela vaudra! Je n'ai jamais eu de chance au jeu.

– De toute façon, il doit être tard et nous sommes fatigués, renchérit Freddy Gebhard.

Ce fut comme le signal du départ général: Cassandra monta l'escalier en compagnie de Mme Langtry et de la plupart des femmes présentes, sans pouvoir dire un mot au duc en particulier. Elle dut renoncer à lui parler du comportement de lord Carwen, et même à lui dire bonsoir.

Après s'être déshabillée et brossé les cheveux, elle allait se coucher lorsqu'une idée lui vint. Elle alla à la porte pour s'enfermer à clef.

Mais il n'y avait pas de clef! Et pourtant, elle se rappelait parfaitement en avoir vu une avant de descendre. Elle l'avait remarquée parce qu'elle était dorée, ce qui lui avait paru encore un signe de richesse ostentatoire. « J'ai dû me tromper », se dit-elle pour se rassurer. Mais elle savait bien qu'il n'en était rien. Regardant autour d'elle, elle avisa deux fauteuils au dossier droit qui paraissaient assez solides, bien que recouverts d'un délicat tissu bleu ciel. Elle en plaça un contre la porte donnant sur le couloir, de façon à coincer la poignée, et l'autre contre la porte donnant sur le boudoir. « Je me fais sûrement des idées, se dit-elle. Je ne peux pas vraiment croire que quelqu'un essaierait d'entrer dans ma chambre... » Mais elle était quand même soulagée de savoir le duc non loin de là, dans la « chambre rouge ».

Elle se coucha enfin, si fatiguée qu'elle s'endormit à peine la tête posée sur l'oreiller. Brusquement un bruit la réveilla en sursaut. On frappait à sa porte!

Elle se dressa dans son lit. Dans la cheminée le feu n'était pas tout à fait éteint et donnait encore assez de lumière pour que Cassandra voie tourner la poignée de sa porte. Seul le fauteuil l'empêchait de s'ouvrir. Mais elle le vit commencer à céder et entendit un murmure:

– Sandra, laissez-moi entrer...

Il n'était pas difficile de deviner de qui il s'agissait. Cassandra se sentait incapable de bouger. Pétrifiée, elle regarda le fauteuil osciller sous une pression plus violente. Soudain, elle fut prise de panique. D'un instant à l'autre, il allait céder tout à fait!

– Sandra, laissez-moi entrer! Je veux vous parler!

Il fallait se sauver, fuir pendant qu'il en était encore temps! Ne sachant trop ce qu'elle faisait, poussée par la peur, elle sauta du lit, repoussa le fauteuil qu'elle avait installé devant l'autre porte et se précipita dans le boudoir. Au fond se trouvait un cabinet de toilette. Dans l'obscurité, elle aperçut une autre porte qu'elle poussa avec l'énergie du désespoir. Ce n'était pas le couloir principal, mais un petit corridor qui, à la lueur d'une lampe à gaz, la mena devant la « chambre rouge ». Sans réfléchir, sans frapper, elle tourna la poignée et entra...

Le duc, dans sa robe de chambre de soie à brandebourgs, était installé dans un fauteuil, près du feu. Le *Times* était ouvert sur ses genoux mais quand la porte

s'ouvrit, il ne lisait pas. Son regard fixait les flammes.
Pensant voir entrer Hawkins, son valet de chambre, il leva la tête.
– Cassandra!
Elle resta un instant immobile puis, en hâte, referma la porte derrière elle. Il s'aperçut qu'elle tremblait. Pour tout vêtement, elle portait une chemise de nuit de linon légère, boutonnée jusqu'au cou, à manches longues bordées de dentelle. Avec ses cheveux dénoués qui lui tombaient sur les épaules, elle avait presque l'air d'une enfant. Elle était blême de frayeur.
Le duc se leva précipitamment.
– Que se passe-t-il?
– L... lord Carwen... il... il essaye de pénétrer... dans ma chambre, balbutia-t-elle, éperdue.
Puis elle poussa un petit cri.
– Oh! Il va comprendre... que je suis ici... J'ai laissé la porte... du cabinet de toilette... ouverte. Cachez-moi... Il ne faut pas... qu'il me trouve!
– Non, bien sûr que non, répondit le duc très calme.
– Puis-je entrer... dans le placard?
Des pas se firent entendre. Le duc ouvrit vivement la penderie, Cassandra s'y faufila sans bruit et il referma la porte sur elle. Il avait à peine eu le temps de faire quelques pas vers la cheminée que lord Carwen faisait irruption dans la pièce. Il était également en robe de chambre, d'un rouge sombre qui paraissait assorti à son visage et souligner encore son expression méfiante.
– Hello, Carwen! s'écria le duc, l'air surpris. Quelque chose ne va pas?
Lord Carwen jeta un regard autour de lui et répondit en choisissant ses mots avec soin:
– Je suis venu voir si vous étiez convenablement installé, Varro. J'espère qu'on s'est occupé de vous?
– J'ai mon valet de chambre avec moi.
– Oh! c'est vrai! Malheureusement mes domesti-

ques sont souvent très négligents. Y a-t-il des portemanteaux dans votre penderie?

Joignant le geste à la parole, il ouvrit la porte et jeta un coup d'œil à l'intérieur. Puis il alla écarter les lourds rideaux damassés qui masquaient la fenêtre.

– Je trouve toujours des cordons cassés ou des volets qui ne fonctionnent pas, marmonna-t-il.

– Moi qui pensais que votre maison était la perfection même...

Puis lord Carwen vint le rejoindre près de la cheminée.

– Si jamais, pour une raison ou pour une autre, vous pensiez partir demain, n'oubliez pas que je compte absolument sur vous pour le dîner.

– Mais bien sûr! Nous avions l'intention, Sandra et moi, de rester jusqu'à lundi.

– Et vous resterez! affirma lord Carwen. A propos, Varro, cette petite Sandra me plaît beaucoup et pour être franc, mon garçon, elle n'est pas dans vos moyens...

Comme le duc ne repondait pas, il poursuivit:

– Les jeunes colombes de son espèce reviennent très cher, vous ne l'ignorez pas. Je suis prêt à mettre à sa disposition une de mes maisons de St. John's Wood et, bien entendu, un attelage.

– Auriez-vous proposé à Sandra de devenir votre maîtresse? lui demanda le duc d'un ton glacial.

– Pour le moment, elle feint la répugnance, reconnut lord Carwen. Inutile de dire qu'elle obtient ainsi le résultat désiré: cela ne fait que me rendre plus ardent et plus déterminé que jamais à parvenir à mes fins. Les femmes sont toutes les mêmes, Varro. Elles croient toutes qu'à jouer les difficiles elles augmentent leur prix. Et dans la plupart des cas, c'est vrai!

– Vous paraissez bien sûr de vous, remarqua le duc sur un ton volontairement neutre.

– Je suis désolé de vous couper l'herbe sous le pied, mon garçon, mais de toute façon, vous ne pourriez pas vous intéresser très longtemps à ce petit papillon. Les diamants coûtent cher, mais ils rapportent aussi beaucoup, comme le sait si bien notre amie Lily! Sandra n'ignore pas de quel côté elle trouvera du beurre pour son pain et je suis persuadé que vous n'y mettrez pas d'obstacle.

– En êtes-vous si sûr?

– Tout à fait. Comme le vilain de la farce, je peux vous rendre la vie très difficile, Varro! Je peux faire saisir un de vos immeubles hypothéqués, ou exiger le remboursement de mon prêt! Mais nous n'en viendrons sûrement pas à de telles extrémités! ajouta-t-il en riant. Contentez-vous de disparaître du champ de vision de Sandra. Je prendrai votre place avec un talent et une habileté qu'on ne possède pas à votre âge.

– La dame en question n'a-t-elle pas aussi son mot à dire? remarqua le duc.

– Elle fera peut-être quelques manières. Elle a été assez maligne ce soir pour refuser un bracelet de diamants – attendant sans doute que s'y ajoutent le collier, les boucles d'oreilles et la broche assortis. Quoi qu'il en soit, c'est mon affaire. Quant à vous, Varro, vous pouvez lui dire au revoir.

– On ne saurait être plus clair, répondit le duc sur un ton glacial qui n'échappa pas à lord Carwen.

– Jetez votre dévolu ailleurs, dit-il en lui posant la main sur l'épaule, et vous me trouverez aussi accommodant à l'avenir que je l'ai été dans le passé. Je suis aussi fidèle ami qu'ennemi implacable! Bonne nuit! ajouta-t-il en sortant.

Le duc ne bougea pas. Voyant la porte de la penderie s'entrouvrir, il posa un doigt sur ses lèvres. Il resta immobile encore quelques secondes, jusqu'à ce qu'il entende enfin les pas s'éloigner dans le couloir. Alors seulement il alla fermer la porte à clef et revint vers Cassandra. Sortie de sa cachette, elle le regardait, livide et tremblante. Elle alla vers lui et enfouit son visage au creux de son épaule. Le duc la serra dans ses bras.

– Emmenez-moi! Emmenez-moi tout de suite! supplia-t-elle. Je ne savais pas... Je n'avais pas compris... qu'on puisse être comme cela... dire des choses pareilles!

Le duc s'empara du couvre-lit qu'il lui mit sur les épaules, l'entraîna près du feu, comme s'il avait affaire à une enfant, et l'installa dans un fauteuil.

– Emmenez-moi loin d'ici! gémit-elle.

– Je veux bien, dit-il enfin. Mais j'ai quelques questions à vous poser.

– Des... questions?

– Oui, Sandra. Je veux savoir la vérité.

– Que... voulez-vous savoir? demanda-t-elle, plus effrayée que jamais par la gravité de son ton et la manière qu'il avait de vouloir sonder le fond de son cœur.

– Qui était avec vous hier soir dans votre appartement?

– Ma... femme de chambre.

– C'est vrai?

– Oui... Hannah est toujours avec moi... quand je suis à l'appartement.

– Avez-vous déjà eu un amant?

Elle ne comprit pas tout de suite. Soudain, le rouge lui monta aux joues, puis reflua, la laissant plus pâle que jamais.

– Non... bien sûr que non! Comment pouvez-vous penser... comment pouvez-vous imaginer...

Il devait la prendre pour quelqu'un du même genre que Nancy. Son expression était étrange, indéchiffrable. Il reprit d'un ton plus doux:

– D'où tenez-vous tous ces bijoux? Qui vous les a donnés?

– Mon père... excepté les perles... qui appartiennent à ma mère.

Le duc la regarda longuement.

– Je vous crois! Oh! ma chérie, vous ne pouvez savoir ce que j'avais imaginé, et combien cela m'a torturé.

Encore sous le coup de ce qui venait de se passer, elle ne comprenait visiblement pas ce qu'il disait. D'une voix douce et réconfortante, il reprit :

– Je vais vous emmener, mais pas ce soir. Demain matin à la première heure. Avez-vous votre costume d'équitation ?

– Oui...

– Nous nous lèverons tôt et nous emprunterons des chevaux à Carwen sans sa permission. Je veux vous montrer quelque chose.

– Nous ne pouvons pas partir maintenant ?

– Il est trop tard. Les domestiques jaseraient. Mais je vous promets que quand nous quitterons la maison, tout le monde dormira encore.

Tel un enfant qui a peur du noir, Cassandra murmura, terrifiée :

– Je ne peux pas retourner... dans ma chambre. Je ne pourrais pas dormir.

– Non, bien sûr que non. Attendez un instant.

Il alluma une bougie, sortit puis revint très vite.

– Suivez-moi.

Il l'entraîna à travers le salon dans une autre petite pièce où se trouvait un grand lit confortable, posa le chandelier sur la table de nuit et alla fermer à clef la porte qui donnait sur le corridor.

– Vous allez fermer aussi la porte derrière moi, Sandra. C'est compris ? Ici, vous serez en sécurité et personne ne vous dérangera avant demain.

Elle regarda tout autour d'elle, comme pour s'en convaincre. Puis, toujours aussi nerveuse :

– Pourriez-vous laisser ouverte la porte qui donne sur votre chambre... au cas où j'aurais peur ?

– Bien entendu, répondit-il avec un petit sourire.

Elle paraissait si jeune, si vulnérable...

– Vous n'avez rien à craindre. Demain matin, je frapperai à votre porte vers six heures et demie. Lorsque vous serez prête, nous irons aux écuries, et nous

serons loin avant que qui que ce soit s'en aperçoive.
– Pouvons-nous vraiment faire cela?
– Bien sûr! Mais la route sera longue, alors essayez de dormir. Je n'ai pas envie de vous voir vous effondrer en chemin! Et n'oubliez pas de fermer la porte.
Ils se regardèrent un instant puis, sans un mot de plus mais avec un soupir, le duc tourna les talons et retourna dans sa chambre.

8

– Sandra, êtes-vous réveillée? demanda le duc à voix basse.

Elle s'enveloppa de nouveau dans son couvre-lit et alla ouvrir. Le duc l'attendait dans le salon, déjà tout habillé.

– Il est six heures et demie.

Et comme elle souriait:

– Je viens de jeter un coup d'œil dans votre chambre. La voie est libre. Vous faudra-t-il beaucoup de temps pour vous habiller?

– Je ferai aussi vite que possible, répondit-elle en se précipitant dans le petit couloir qu'elle avait emprunté la veille.

Sa porte avait bien été ouverte, car le fauteuil était déplacé et son dossier endommagé. Mais dans sa hâte, Cassandra ne s'attarda pas à réfléchir à ce qui avait pu se passer. Elle se lava rapidement à l'eau froide et enfila son costume de cheval. Elle eut quelques difficultés à le mettre, car Hannah avait placé dans sa valise la tenue la plus neuve et la plus élégante avec des attaches invisibles. Noire, avec une touche de blanc au col et aux poignets, elle lui allait particulièrement bien, et dans sa sévérité même elle donnait plus d'éclat à son teint et à sa chevelure.

Cassandra se hâta de rejoindre le duc tout en se demandant ce qu'elle devait faire de ses autres vêtements.

– Vous avez fait vite, remarqua le duc. Ne vous occupez pas de vos valises ni de vos bijoux, ajouta-t-il comme s'il avait deviné ses pensées. J'ai laissé des instructions à mon valet de chambre qui les ramènera à Londres.

– Alors nous pouvons partir?

– A l'instant!

Elle le suivit sur la pointe des pieds pour ne réveiller personne. Le duc évita l'escalier principal et par maints détours l'entraîna dehors jusqu'aux écuries. Il ordonna qu'on selle deux chevaux avec une autorité que lord Carwen n'aurait certainement pas appréciée. On amena deux magnifiques bêtes, un étalon noir et une jument alezane. Cassandra s'exclama, voyant l'expression du duc:

– Ils étaient à vous?

– Oui, répondit-il, laconique.

Elle se demandait bien pourquoi il les avait vendus à lord Carwen plutôt qu'à Tattersall. Si son père les avait vus, il aurait certainement payé cher pour les acquérir.

Mais pour le moment, l'important était de quitter cette maison et son propriétaire.

Une fois la grille du parc franchie, le duc prit à travers champs. Après avoir galopé pendant trois ou quatre kilomètres, les chevaux ralentirent le pas.

– Les brumes du matin se sont envolées, remarqua Cassandra, l'œil rieur.

– Et vos frayeurs également?

– Pour le moment, oui!

Il contempla son regard brillant, ses joues roses.

– Je n'ai jamais vu une femme monter aussi bien que vous. Je craignais un peu que Junon ne soit trop nerveuse, mais j'avais tort de m'inquiéter.

– Où allons-nous?

– Chez moi. Je voudrais vous montrer ma maison.

– Avec plaisir!

Elle se rappelait un long article sur *Alchester*

Park qu'elle avait découpé dans un magazine et collé dans son album. Elle allait enfin voir cette maison où l'homme qu'elle aimait était né et avait grandi...

Après une bonne heure de chevauchée, le duc désigna une habitation au loin.

– Vous voyez cette auberge là-bas? Un bon petit déjeuner nous fera le plus grand bien. Pour ma part, je meurs de faim!

– Moi aussi!

L'auberge au toit de chaume était située en bordure du village. Le propriétaire ne parut pas surpris outre mesure de voir arriver des hôtes, de marque selon toute apparence, à une heure aussi matinale. Il les introduisit dans un petit salon privé où, tandis qu'on allumait du feu dans la cheminée, ils prirent place autour d'une table ronde. On leur apporta des œufs au bacon, du jambon, une énorme tourte à la viande, du pain frais, du miel en rayon et une motte de beurre.

– J'ai bien peur que nous n'ayons pas grand-chose d'autre à vous offrir, monsieur.

– Tout cela m'a l'air bien appétissant, répondit le duc avec simplicité.

Il refusa la bière et le cidre, préférant le café odorant qui avait été fait à l'intention de Cassandra.

– On a toujours plaisir à manger quand on a fait de l'exercice, remarqua-t-elle. Je n'avais pas avalé autant de nourriture depuis ma dernière chasse.

Elle songea soudain que la chasse ne faisait guère partie de la vie d'une actrice. Mais il était trop tard pour retirer ses paroles. Aussi s'empressa-t-elle d'ajouter:

– Si j'ai aussi faim, c'est peut-être aussi parce que je suis soulagée d'être loin de cette horrible maison et de ses horribles occupants. Je croyais que ce serait amusant de les observer, de voir à quoi ils ressemblaient. Mais je ne veux plus jamais les revoir, ni les uns ni les autres.

– En quoi vous ont-ils tellement étonnée?

– Je n'aurais jamais supposé que des femmes nées dans le meilleur monde, comme Mme Langtry ou lady McDonald, acceptaient de se faire inviter avec un autre homme que leur mari...

Le duc l'observait sans rien dire. Et Cassandra continua, comme se parlant à elle-même:

– Mon père m'avait raconté que les hommes emmenaient volontiers les actrices à souper et leur faisaient des cadeaux. Et je croyais que Mme Langtry devait ses diamants... à sa seule beauté. Mais ce n'est sans doute pas vrai.

– Pourquoi pensez-vous donc que lord Carwen voulait vous offrir ce bracelet de diamants?

Cassandra baissa les yeux.

– Je vous ai entendu lorsque vous lui avez demandé s'il m'avait proposé... de devenir sa maîtresse... Je n'avais pas compris... que c'était là ce qu'il voulait, acheva-t-elle d'une voix tremblante.

– Que fait votre père?

Cette fois encore, Cassandra eut l'impression qu'il changeait de conversation pour une raison qui lui échappait. Elle chercha désespérément une réponse. Le duc était évidemment à mille lieues de supposer que son père pût être un homme qui ne travaillait pas, comme la plupart de ses amis et connaissances.

– Il possède... quelques terres, répondit-elle enfin.

Ce qui était évidemment une curieuse manière de décrire une propriété de huit mille hectares.

– Et il les exploite?

Cassandra hocha la tête. Cela, au moins, c'était vrai.

– Alors vous n'avez pas choisi ce métier par nécessité? Est-ce parce que vous trouviez la campagne ennuyeuse et que vous aviez envie de divertissement?

Elle ne répondit pas, soudain honteuse du rôle qu'elle jouait. Elle aurait voulu lui dire la vérité mais n'arrivait pas à s'y résoudre. Se levant de table, elle alla devant un miroir pour remettre sa coiffe.

– Je crois qu'il est temps de partir. Vous disiez que nous avions un long chemin à faire. J'imagine que nous serons à Londres ce soir?

– Aviez-vous prévu autre chose?

– Non, bien sûr que non, répondit-elle vivement.

Ils se mirent en selle. C'était le printemps, la saison la plus belle. Les arbres étaient couverts de bourgeons, du même vert que l'herbe nouvelle dans les champs. Dans les bois, les violettes sortaient timidement leurs petites têtes et les primevères éclataient comme le soleil sur la mousse. Les fragiles anémones apparaissaient comme de petites fées contre le tronc argenté des bouleaux. Ils chevauchèrent aussi le long des ruisseaux bordés de saules pleureurs. Ils apercevaient parfois, dans le lointain, des collines pourpres, et dans les vallées verdoyantes paissaient des troupeaux tranquilles.

Au moment où Cassandra commençait à rêver d'un nouveau repas, ils franchirent une grille monumentale en fer forgé, encadrée par deux énormes lions de pierre, d'où partait une immense allée bordée de vieux chênes. Envahie par la mousse, les branches de bois mort et les herbes folles, elle était visiblement à l'abandon.

Tout au bout de l'allée, devant Cassandra, se dressait *Alchester Park*. Les reproductions qu'elle en avait vues, pour impressionnantes qu'elles fussent, ne rendaient pas justice à l'atmosphère chaleureuse qui s'en dégageait. Ses briques rouges, qui dataient du règne d'Elisabeth Ire, avaient pâli avec les siècles et paraissaient roses à la lumière du soleil. Les tours et les cheminées se détachaient sur le ciel, les vitres étincelaient, un vieil et bel escalier de pierre montait vers la porte d'honneur en chêne massif, aux gonds gigantesques.

– Que c'est beau! s'écria Cassandra. Beaucoup plus beau que ce que j'attendais.

Les pelouses qui entouraient le château n'étaient

pas aussi soignées qu'il aurait fallu et n'avaient pas été tondues depuis longtemps. Mais les amandiers étaient en fleur ainsi que les jasmins qui grimpaient le long des murs. Le duc s'arrêta, mais il ne mit pas pied à terre.

– Je crois que nous ferions mieux de conduire nous-mêmes les chevaux dans leurs boxes. On ne nous a sans doute pas entendus arriver. De toute façon, les rares domestiques qui me restent sont sourds!

Il fit une volte et précéda Cassandra jusqu'aux écuries. Elle trouva là de longues rangées de boxes vides. Un vieux palefrenier apparut et ses yeux s'illuminèrent en apercevant le duc.

– Bonjour, milord. Je ne savais pas que vous reveniez aujourd'hui.

– Moi non plus! répondit le duc. Mais je suis seulement de passage. Prenez soin des chevaux, Ned. Nous les reprendrons cet après-midi.

– Oh! mais c'est Junon et Pégase! s'exclama-t-il. C'est bon de les revoir, milord!

– Malheureusement, ils ne vont pas rester là, répliqua le duc sans autre explication.

Il aida Cassandra à descendre, et la tint un instant dans ses bras. Mais ses pensées étaient ailleurs. Incapable de supporter la douleur qu'elle lisait dans ses yeux, elle le précéda vers la maison.

Le duc la fit entrer par une porte latérale et la conduisit jusqu'à un grand hall entièrement lambrissé de chêne patiné par les ans. Les rayons du soleil, à travers les blasons qui ornaient les vitraux, dessinaient sur le sol des ombres étranges et donnaient à ce lieu une atmosphère quasi religieuse. Toute la maison paraissait respirer le bonheur et la paix.

– Vous désirez sans doute faire un brin de toilette? demanda le duc. Vous trouverez une chambre au premier étage. Pendant ce temps, je vais aller demander qu'on nous prépare à déjeuner.

Cassandra monta l'escalier. Il était si somptueux

qu'elle regrettait presque de ne pas porter une robe en satin avec une collerette, comme à l'époque de la reine Elisabeth, avec plusieurs rangs de grosses perles.

La chambre était très belle, avec son plafond peint et son lit à baldaquin. Le papier, au mur, était imprimé de motifs chinois et les lambrequins, au-dessus des rideaux, décorés d'étranges oiseaux dorés et de fleurs exotiques. Mais le tapis était usé jusqu'à la corde et les rideaux, déchirés par endroits, étaient si fanés qu'ils avaient presque perdu leur couleur. Cassandra remarqua aussi, le long du mur, l'emplacement de meubles qui manquaient.

Elle enleva son chapeau et se lava le visage et les mains dans une cuvette de porcelaine. Soudain, elle s'aperçut que, dans sa hâte de fuir ce matin-là, elle avait oublié de se mettre de la poudre et du rouge. « Cela m'étonnerait qu'il y ait fait attention », se dit-elle. Mais il était évident que cette absence de maquillage la rajeunissait.

– Entrez! cria-t-elle, lorsqu'on frappa à la porte, pensant voir arriver une femme de chambre.

Mais c'était le duc.

– J'ai pensé que vous aimeriez enlever vos bottes, dit-il. Je vous ai apporté un tire-botte et des chaussons.

Ils étaient noirs, à talons plats, et ornés d'une boucle, très semblables à ceux qu'elle possédait elle-même.

– Je suis sûr qu'ils vous iront, ajouta-t-il.

Tout à coup, Cassandra se dit qu'elle ne voulait pas, qu'elle ne pouvait pas enfiler les chaussures d'une femme, d'une actrice peut-être, que le duc avait amenée chez lui. A qui avaient-elles bien pu appartenir?

– Je n'en veux pas! fit-elle en détournant la tête.

– Et pourquoi cela? demanda le duc, très surpris.

– Je... n'ai pas envie de les mettre.

Les posant sur un siège, il la prit par les épaules et l'obligea à le regarder.

– Qu'est-ce que cela signifie? demanda-t-il. A quoi pensez-vous?

Puis, brusquement, il se mit à rire.

– Vous êtes jalouse! Oh! ma stupide, ma ridicule chérie! Vous êtes jalouse! Croyez-moi, vous n'avez aucune raison de l'être!

Il la serra contre lui et l'embrassa doucement.

Un instant Cassandra resta paralysée par la surprise. Mais bientôt, elle sentit que quelque chose d'étrange et de miraculeux prenait vie en elle, montait dans sa gorge, l'empêchant presque de respirer. C'était une espèce d'extase, comme si le soleil venait d'envahir toute la pièce et les enveloppait d'une lumière aveuglante.

Le duc l'embrassait, et elle savait de toute éternité que ce moment serait comme il l'était, sublime, glorieux, totalement, absolument merveilleux. Et quand il releva la tête, elle fut incapable de bouger.

– Je vous aime! dit-il d'une voix profonde. Oh! mon ange, si vous saviez comme je vous aime!

Toute frémissante du son de sa voix, elle enfouit son visage contre son épaule.

– J'ai l'impression de vous aimer depuis le commencement des temps, comme si vous aviez toujours fait partie de ma vie. Sandra, regardez-moi!

Il lui souleva doucement le menton.

– De quoi avez-vous peur?

– J'ai toujours pensé que si vous m'embrassiez... ce serait merveilleux, chuchota-t-elle. Mais pas si... incroyablement extraordinaire!

Il la regarda avec attention.

– On pourrait penser que c'est la première fois que quelqu'un vous embrasse...

– C'est... la première fois...

– Mais... comment?

Et comme si la question était superflue, il l'embrassa à nouveau avec une ardeur et une passion telles qu'il semblait vouloir arracher son âme pour la fondre avec la sienne. Puis, alors qu'elle frissonnait tout entière, le duc la lâcha si brusquement qu'elle faillit tomber. Elle était divinement belle. Il contempla longuement ses yeux brillants, si grands, ses lèvres douces et tremblantes encore de ses baisers, ses joues teintées de rose, et dit enfin d'une voix rauque :

– Pour l'amour de Dieu, ne me regardez pas ainsi ! J'ai beaucoup de choses à vous expliquer, mais d'abord allons manger. Et je veux aussi vous montrer la maison.

Son ton était si différent de celui qu'il avait employé pour lui dire son amour qu'elle eut l'impression d'être brusquement réveillée.

Le duc reprit les chaussons et les lui tendit.

– Vous pouvez les mettre, dit-il. Ils appartenaient à ma mère.

– Oh !... Excusez-moi, murmura-t-elle.

Elle regrettait ses soupçons, et il semblait le comprendre.

– Vous pouviez difficilement penser autre chose, étant donné la qualité de l'assistance d'hier soir.

En disant cela, il avait l'air presque fâché. Cassandra le suivit jusque dans la salle à manger, une immense pièce élisabéthaine qui comprenait même un balcon pour les ménestrels et une fenêtre en encorbellement. Ils prirent place dans des fauteuils de chêne, à dossier droit et sculpté, qui devaient être dans la famille depuis le règne de Charles II. La table de réfectoire semblait aussi ancienne que la maison elle-même.

Un très vieux maître d'hôtel leur apporta une omelette fourrée aux tomates fraîches, des pigeons farcis aux champignons et un gros fromage rond, spécialité locale.

Ils parlèrent de choses et d'autres. Ni l'un ni l'autre n'avaient très faim et Cassandra évitait le regard du duc.

Elle frissonnait encore au souvenir de leur baiser, mais en même temps elle attendait avec angoisse ce qui allait se passer lorsqu'ils se retrouveraient seuls. Il lui expliquerait sans doute qu'ils devaient se dire adieu, que leur amour ne signifiait rien, qu'il devait épouser une autre femme pour son argent...

Lorsque enfin ils quittèrent la table, elle le suivit, les nerfs à vif, pleine d'appréhension. Mais il tint d'abord à lui faire faire le tour de son domaine: il lui montra les petits salons lambrissés, la chambre d'apparat où se tenaient les Grands Conseils, les armoiries, les vieilles armes accumulées depuis des années, les drapeaux arrachés à l'ennemi lors de la bataille de Worcester, ou au cours des campagnes de Marlborough, et deux autres encore rapportés par un Alchester de Waterloo. En revanche, il y avait peu de meubles, aucune tapisserie et très peu d'objets d'art. Les murs de la grande galerie de tableaux étaient vides.

Le duc parlait peu. Il se contentait de conduire Cassandra de pièce en pièce. Lorsqu'ils arrivèrent dans la bibliothèque, il remarqua sans autre commentaire:

– Tous les livres rares ont été vendus. Ce qui reste ne vaut même pas le prix d'un déménagement.

Sa souffrance était visible. Les yeux tournés vers le feu qu'on venait d'allumer, Cassandra demanda doucement.

– M'expliquerez-vous ce qui s'est passé?

– Asseyez-vous, dit-il brusquement. J'avais tout à fait l'intention de le faire.

Elle obéit et le duc resta debout, le regard perdu au loin.

– En vérité, je ne sais par où commencer. Je voudrais d'abord vous faire comprendre que j'ai été élevé dans la conviction que cette maison et le domaine représentaient un héritage sans prix.

– C'est évident.

– Depuis ma naissance, j'ai entendu dire que j'avais pour devoir et pour destin de consacrer toute mon énergie, tout mon enthousiasme, toute ma vie, à devenir le « neuvième duc ».

– Alors, bien sûr, cette idée vous a révolté.

– Non, pas exactement. Mais j'aspirais à la liberté, à penser par moi-même, à me débarrasser de ce carcan dans lequel ma vie était emprisonnée.

Cassandra poussa un soupir. Elle commençait à comprendre bien des choses.

– Au début, je n'en étais pas tellement conscient, continua-t-il. J'avais fait le projet d'entrer au Foreign Office et d'y faire carrière. Mais on me fit comprendre que c'était impossible, que j'avais trop de responsabilités ici. De plus, mon père était furieux de voir que je pouvais m'intéresser à autre chose qu'au sacro-saint domaine des Alchester.

– La situation était sans issue?

– Sans aucune. On m'apprit également que j'aurais à faire un mariage d'argent pour entretenir le domaine et vivre selon mon rang.

– Et vous avez accepté?

– On ne m'a pas demandé mon avis. Mon mariage avait été arrangé par mon père et je l'ai accepté comme une chose inévitable, qui devait prendre place un jour, dans l'avenir. Et en attendant, je suis parti voir le monde.

– Cela vous a apporté quelque chose?

– Je me suis rendu compte qu'à l'étranger les hommes de mon âge gagnaient de l'argent en se servant de leur cervelle et de leur énergie – ce qui est considéré comme dégradant en Angleterre: un homme bien né ne doit pas travailler! En Australie, j'ai entrevu la possibilité de faire fortune, et en Afrique du Sud j'ai trouvé de plus grandes promesses encore.

Il s'arrêta un moment, revoyant sans doute son enthousiasme d'alors.

– Je suis rentré persuadé que ces idées allaient me permettre de reconstituer la fortune de la famille.

– Et... que s'est-il passé?

– Mon père s'est moqué de moi et a refusé d'investir un centime dans mes projets.

De toute évidence, il en éprouvait une grande amertume.

– Vous n'avez donc pas pu faire ce que vous souhaitiez?

– Si, je l'ai fait! J'ai emprunté l'argent nécessaire!

Cassandra le regarda.

– A qui?

– Est-il besoin de le demander? A Carwen, bien sûr! Il m'a offert tout ce que je voulais. Il est très riche, vous savez.

– Et vous lui avez fait confiance?

– Il m'a écouté, flatté, encouragé, toutes choses dont j'avais grand besoin à l'époque.

– Et ensuite?

– J'allais dire toute la vérité à mon père et le prier de reconsidérer sa décision, quand il mourut subitement. Je me suis retrouvé à la tête de la maison... et je me suis aperçu que les coffres d'Alchester étaient complètement vides. En outre, il y avait les droits de succession à régler. Et mon père avait dépensé pour ses chevaux bien plus qu'il n'aurait dû – comptant sans doute sur mon mariage pour rembourser ses dettes.

D'amer le ton était devenu brusquement sarcastique.

– J'ai compris que si je voulais rester indépendant, il me fallait de l'argent. J'ai donné en hypothèque à Carwen une partie de la propriété, j'ai vendu tout ce qui n'était pas souvenir de famille. Et quand tout l'argent a été investi, Carwen s'est brusquement montré sous son vrai jour...

– Qu'a-t-il fait? demanda Cassandra qui retenait son souffle.

– Il a commencé à se servir de moi, à user de mon nom pour ses intérêts propres, à exiger que je le représente dans des conseils d'administration d'affaires douteuses. Enfin, il m'a demandé des garanties pour les prêts qu'il m'avait consentis du vivant de mon père.

– Lesquelles?
– Les chevaux – dont ceux que nous avons montés aujourd'hui – les meubles, les tableaux... Il les a décrochés du mur exprès pour que leur emplacement vide me rappelle mes obligations envers lui...
– Quel être méprisable!
– C'est un homme d'affaires sans pitié. J'ai été fou de me jeter dans ses griffes. Je suis convaincu que, dans quelques années, l'argent que j'ai investi en Australie et en Afrique du Sud sera multiplié par mille. Mais je ne peux pas attendre!
– Pourquoi?
– Parce que je ne suis plus en mesure d'entretenir la propriété, ni de payer leurs gages aux domestiques. Parce que je refuse de rester plus longtemps l'obligé de Carwen!
Il s'arrêta et reprit lentement.
– Il ne reste qu'une seule solution...
– Laquelle? demanda Cassandra d'une voix étranglée.
– Vendre la maison et rembourser Carwen. Cela laissera assez d'argent pour verser une pension aux vieux employés et leur assurer un toit jusqu'à la fin de leur vie.
– Vous n'avez vraiment pas... d'autre possibilité?
– Bien sûr que si! Je pourrais épouser cette héritière que mon père avait choisie pour moi. Elle aspire à mon titre, et moi à son argent. Un arrangement idéal, comme vous voyez!
Comme Cassandra ne disait rien, il poursuivit:
– J'allais m'y résoudre. J'en étais arrivé à la conclusion qu'il valait mieux dépendre d'une femme, n'importe laquelle, plutôt que de Carwen. La suite, vous la connaissez...
– Quelle suite?
– Je vous ai rencontrée! Oh! Mon Dieu! Pourquoi a-t-il fallu que cela m'arrive justement maintenant?

Son regard exprimait toute l'angoisse du monde. Il tendit les bras à Cassandra et la serra contre lui.

– Je vous aime! Je vous aime et rien d'autre n'a d'importance! Voulez-vous être pauvre avec moi, mon amour, du moins pendant quelques années?

– Vous voulez dire...?

– Je veux dire, fini les jolies robes, les plaisirs. Je vous offre une vie monotone, dans une petite maison. Mais nous serons ensemble.

Son regard la sondait comme pour découvrir une réponse vitale pour lui.

– Je vous demande de m'épouser, dit-il doucement. Qu'en pensez-vous, mon amour?

Son regard suffisait. Les mots étaient inutiles. Il posa sa bouche sur les douces lèvres de la jeune fille.

– Je vous aime... essaya-t-elle de dire, mais il l'embrassait avec une telle passion qu'elle ne pouvait parler.

Des vagues de joie montèrent en elle, comme des colombes blanches s'envolant vers le paradis.

Elle avait gagné! Il l'aimait!

Il l'aimait assez pour lui sacrifier tout ce qui comptait pour lui. Il l'aimait et ses lèvres exigeaient d'elle une reddition complète.

« Peut-on connaître une joie pareille sans mourir de bonheur? » se demanda-t-elle.

9

Dans le train de sept heures du matin qui la ramenait dans le Yorkshire, bercée par le bruit des roues sur les rails, Cassandra, les yeux clos, revivait les moments d'extase qu'elle avait connus en apprenant que le duc l'aimait assez pour lui sacrifier *Alchester Park*. Ce domaine faisait partie de lui-même, et le vendre, c'était pour lui comme de perdre un bras ou une jambe.

– Etes-vous vraiment... sûr? lui avait-elle demandé lorsqu'ils s'étaient retrouvés assis l'un près de l'autre sur le sofa.

– Sûr que je veuille vous épouser? Je n'ai jamais de ma vie été aussi sûr de quelque chose!

– Mais... il y a si peu de temps que nous nous connaissons...

– Et moi, j'ai l'impression que vous avez toujours été là, en moi. Vous êtes la femme que j'ai toujours cherchée, celle que je rêvais d'avoir près de moi mais que je n'avais jamais trouvée! avait-il répondu avec un tel accent de sincérité que Cassandra n'avait pu douter de ses paroles.

» Je vous aime! J'aime tout en vous. Vos inimaginables cheveux rouge et or, votre petit nez, vos yeux bleus. Et par-dessus tout, j'aime votre esprit et votre cœur. Oh! J'allais oublier...

– Quoi donc?

– Vos lèvres!

Et il l'avait embrassée de nouveau... Mais il était temps de rentrer à Londres et elle lui avait posé la question qu'elle ne pouvait plus retenir:

– Qu'allez-vous faire au sujet de... cette jeune fille que vous auriez dû épouser?

– Je reconnais que je me suis conduit envers elle comme un mufle. Nos fiançailles auraient dû être annoncées depuis deux ans déjà. Mais, à la suite d'un deuil, nous n'avons jamais pu nous rencontrer. Et après la mort de mon père, quand j'ai voulu lui faire savoir que je n'étais pas disposé à remplir les engagements que celui-ci avait pris pour moi, j'ai eu peur tout à coup de me retrouver à la merci de Carwen! Je commençais à comprendre à qui j'avais affaire... Et finalement, je n'en ai rien fait du tout.

– Et à présent?

– Je dois agir correctement, avait-il répondu comme s'il se parlait à lui-même. Demain, j'irai voir sir James Sherburn dans le Yorkshire. Après tout, il était le meilleur ami de mon père. Je lui dois au moins une explication.

– Et que lui direz-vous?

– La vérité, à savoir que je suis tombé amoureux d'une jeune fille si merveilleuse que tout l'or du monde ne pourrait m'empêcher de l'épouser!

Cassandra était épouvantée en pensant à la réaction du duc quand il apprendrait la vérité.

Impossible de le lui avouer dans la bibliothèque, impossible aussi tandis qu'ils chevauchaient vers Londres où ils étaient arrivés très tard. Le duc l'avait raccompagnée à Bury Street où ses bagages se trouvaient déjà déposés chez le portier.

– Voulez-vous que je monte avec vous jusqu'à votre appartement? avait-il proposé.

– Non, je suis fatiguée et je vais aller tout droit me coucher. Merci pour cette merveilleuse journée.

Là aussi, devant le portier, il avait été impossible d'en dire plus.

Le duc parti – il promit d'être de retour le mercredi et de dîner avec elle –, elle avait aussitôt prié le portier de lui trouver une voiture et d'y charger ses bagages.

– Je ne reviendrai pas. Voici la clef. Je vous serais reconnaissante de la remettre à l'agent immobilier.

Elle avait quitté avec joie cet horrible appartement et maintenant, dans le train qui la ramenait chez elle, elle se réjouissait de retrouver la sécurité, des parents qui l'aimaient et la protégeraient des dures réalités du monde.

Nancy Wood... lady McDonald... Mme Langtry... Elle avait beaucoup appris, mais elle craignait fort que son père n'apprécie pas cette nouvelle science. Il serait même furieux.

Mais la réaction du duc était pour elle beaucoup plus importante. « Il comprendra... Il faut qu'il comprenne », se dit-elle.

Cela ne l'empêchait pas d'avoir peur. En outre, maintenant qu'elle le connaissait, elle se rendait compte qu'il accepterait aussi mal d'être l'obligé de sa femme que d'être celui de son père ou de lord Carwen. C'était un homme de caractère qui verrait d'un mauvais œil son épouse tenir les cordons de la bourse. Mais ce ne serait qu'une question de temps. Il voulait faire fortune par ses propres moyens, et elle lui faisait confiance. Il n'était pas homme à se vanter.

Cassandra avait expédié un télégramme à ses parents dès l'aube pour leur annoncer son arrivée en gare d'York à deux heures de l'après-midi. Et il y avait environ une heure de route entre la gare et la maison. Le duc, même par le train le plus rapide, ne pourrait pas être là avant cinq heures. Cela lui laisserait le temps de parler à son père. Mais elle ne savait pas très bien comment lui présenter les choses. Et surtout, elle était affolée à l'idée que le duc allait arriver et la trouver là...

Une voiture attendait à la gare. Pendant tout le trajet jusqu'à la maison, elle resta silencieuse, ne répondant à Hannah que par monosyllabes, dans l'angoisse où elle était de ce qui allait se passer.

Hudson, le majordome, les attendait sur le perron.

– Bienvenue à la maison, mademoiselle Cassandra.

– Mon père est-il là? demanda-t-elle en pénétrant dans le vestibule.

– Non, mademoiselle. Sir James et lady Alice étaient déjà partis quand votre télégramme est arrivé.

– Alors ils ignorent que je suis de retour?

– Oui, mademoiselle. Ils sont allés déjeuner chez lord Harrogate et ils doivent ensuite assister à une réception donnée par l'archevêque d'York. Sir James a demandé que le dîner ait lieu un peu plus tard que d'habitude, mais il sera sans doute de retour avant sept heures.

– Avez-vous reçu un autre télégramme?

– Oui, mademoiselle. Il est arrivé également après le départ de sir James. Je l'ai ouvert, selon ses instructions. Le duc d'Alchester annonce son arrivée à York à trois heures vingt-cinq. Je lui ai déjà fait envoyer une voiture.

Cassandra réfléchit un moment.

– Maintenant, Hudson, écoutez-moi bien. Lorsque Sa Grâce arrivera, je vous demande de l'informer que, sir James n'étant pas là pour l'accueillir, je le recevrai moi-même, mais dans mon boudoir, car je souffre d'un gros rhume. Est-ce clair?

– Oui, mademoiselle.

– Introduisez-le simplement et ne venez que si je sonne.

– Très bien, mademoiselle.

Le majordome était visiblement surpris par ces instructions, mais beaucoup trop stylé pour ne pas s'y conformer.

Cassandra grimpa dans sa chambre: elle avait maintenant un certain nombre de préparatifs à faire.

Elle était prête et attendait depuis quatre heures et demie, mais le train devait avoir du retard car il était plus de cinq heures lorsqu'elle entendit enfin les pas dans le couloir.

Bien qu'il ne fît pas encore nuit, elle avait tiré les rideaux et allumé du feu dans la cheminée. Assise dans un fauteuil devant la fenêtre, elle avait installé derrière elle un paravent, comme pour se protéger des courants d'air. Toutes les lumières, à l'exception d'une lampe à huile, étaient éteintes. Sur la table, au milieu de la pièce, se trouvaient les deux albums qu'elle remplissait et chérissait depuis tant d'années.

Déterminée à garder son secret jusqu'au dernier moment, elle avait chaussé une paire de lunettes fumées, et tenait un éventail à la main. Ainsi le duc ne pourrait pas la reconnaître immédiatement; d'autant que, gêné par ce qu'il avait à lui dire, il éviterait sans doute de la regarder.

« Quelle surprise cela va être pour lui! Quelle merveilleuse surprise! » se disait-elle, essayant de s'en convaincre elle-même. Mais en fait, elle tremblait surtout qu'il ne soit furieux.

Chaque instant lui paraissait durer une éternité... La pendule semblait faire une longue pause entre chaque seconde. Cassandra avait le cœur battant, les lèvres sèches...« Mais de quoi ai-je donc si peur? » se demanda-t-elle.

La porte s'ouvrit enfin.

– Sa Grâce, le duc d'Alchester, annonça Hudson.

Le duc entra, posa au passage quelque chose sur la table et s'approcha. Elle se sentit défaillir.

– On me dit que vous êtes enrhumée, commença-t-il poliment. Je suis désolé de vous avoir obligée à me recevoir, alors que vous devriez garder le lit.

– Ce n'est... pas très grave... balbutia-t-elle.

Elle avait essayé de déguiser sa voix, mais bien inutilement: elle était si nerveuse qu'elle-même ne la reconnut pas.

Le duc ne la regardait pas. Tourné vers le feu, il reprit d'un ton qui se voulait dur:

– J'avais l'intention de voir votre père, mais puisqu'il est absent, nous pouvons peut-être parler ensemble en toute franchise?

– Ou... oui...

– Je pense que vous connaissez l'objet de ma visite et les dispositions que mon père et le vôtre avaient prises nous concernant? Ils avaient décidé de nous marier.

Il se tut. Comme Cassandra ne répondait pas, il continua:

– Ainsi donc, mademoiselle Sherburn, je vous déclare sans ambages que je me considérerai très honoré si vous acceptez de devenir ma femme.

Cassandra en resta pétrifiée. Elle n'en croyait pas ses oreilles. Ce n'était pas possible! Il ne pouvait pas avoir dit cela!

Elle le regarda. Son profil se dessinait nettement à la lueur des flammes. Il avait l'air dur, déterminé. Il pensait vraiment ce qu'il disait.

Ainsi, c'est ce qu'il pensait! Il avait changé d'avis aussitôt après l'avoir quittée. Il avait décidé que l'amour ne valait pas le sacrifice de son héritage, de la maison de ses ancêtres... Elle ne pouvait ni parler ni bouger. Elle ne pouvait que le regarder, et les larmes qui lui étaient montées aux yeux coulaient maintenant sur ses joues. Elle cachait son visage bouleversé derrière son éventail. Le plafond aurait pu aussi bien s'écrouler sur sa tête. Tout ce en quoi elle avait cru s'effondrait autour d'elle.

La stupeur fit place à une douleur insupportable, comme si on venait de lui planter des milliers de couteaux dans le cœur.

– Venez! lui dit le duc. J'ai quelque chose à vous montrer.

Il la prit par la main et l'attira vers la table. Incapable de résister, elle se laissa faire.

– J'aimerais que vous jetiez un coup d'œil sur ceci, dit-il en lui montrant un magazine qu'il avait placé près des deux albums. Mais peut-être verriez-vous plus clair si vous enleviez vos lunettes?

Il les lui retira lui-même. Le cœur battant, Cassandra essayait de comprendre où il voulait en venir. Le magazine était un numéro du *Sporting and Dramatic*, ouvert à une page sur laquelle elle reconnut son propre portrait! La légende disait:

La distinguée et ravissante cavalière du Yorkshire: Mademoiselle Cassandra Sherburn.

– Je pouvais difficilement ne pas vous reconnaître, non? dit-il d'une voix dure.

Cassandra bégaya:

– Je... je ne pouvais rien vous dire hier...

– Et pourquoi pas? Mais est-il besoin de poser une question aussi stupide? Vous vouliez tout bonnement m'humilier jusqu'au bout, me forcer à me mettre à genoux devant vous.

– Non... non! murmura-t-elle. Ce n'est pas cela!

– Bien sûr que si! Inutile de continuer à mentir. Non contente de posséder mon titre, vous vouliez également mon cœur! Je reconnais que c'est très habile!

– Non! Non! s'écria-t-elle. Je...

– Vous avez voulu me manipuler, comme mon père et Carwen l'ont fait avant vous. Ma foi, vous avez réussi mieux qu'eux! Il ne me reste qu'à vous féliciter d'avoir été meilleure actrice que vous ne le prétendiez.

Sa voix était cinglante comme un fouet. Cassandra s'écria frénétiquement:

– Ecoutez-moi! Vous devez m'écouter! Ce n'est pas du tout cela! Attendez! J'ai aussi quelque chose à vous montrer.

Elle ouvrit les albums.

Le duc regarda les coupures de journaux soigneusement collées sur chaque page, mais son expression resta la même.

– J'ai encore quelque chose d'autre! dit-elle en se précipitant vers son secrétaire.

D'une main tremblante, elle sortit son journal intime d'un tiroir secret et le tendit au duc. Les dernières pages avaient été écrites le vingt-neuf mars, juste avant son départ pour Londres.

– Lisez cela... Lisez, je vous en supplie!

Le duc finit par le prendre et, se rapprochant de la lumière, commença à déchiffrer l'écriture claire et élégante de Cassandra.

« Papa vient de me dire qu'enfin, après tout ce temps, il venait de recevoir une lettre du duc d'Alchester. J'étais convaincue que, depuis la mort de son père, le jeune duc avait changé d'idée et renonçait à notre mariage. Mais maintenant, parce qu'il a désespérément besoin d'argent, il a décidé de s'y résoudre.

« Mais moi, c'est quelque chose que je ne peux pas faire et que je ne ferai pas. Je sais bien que c'est le rêve le plus cher de papa de me voir épouser le fils de son vieil ami et devenir duchesse.

« Si nous avions été fiancés à la date prévue, lorsque je n'avais que dix-sept ans, j'aurais accepté la décision de papa, comme je l'ai fait pour tant d'autres choses.

« Mais, à présent que je suis plus âgée, j'ai conscience que ce serait trahir tout ce en quoi je crois et qui est sacré pour moi que d'épouser un homme que j'aime, mais qui en aime sans doute une autre.

« J'avais toujours pensé, parce que je l'aime depuis l'âge de douze ans, qu'il finirait par m'aimer aussi et que nous trouverions le bonheur ensemble. Je sais aujourd'hui qu'il s'agissait d'un rêve d'enfant!

« Mon amour pour lui m'a toujours empêchée de me marier, et même de m'intéresser à ceux qui me demandaient en mariage. Mais je préfère rester vieille fille toute ma vie que de subir l'humiliation d'épouser le duc qui n'attend de moi que mon argent. Je crois qu'il me serait plus facile d'épouser quelqu'un pour qui j'aurais simplement de l'affection, plutôt que de subir des baisers et des caresses que Varro me donnerait par devoir. Cela, je ne le supporterais pas! Je voulais en parler à papa, mais j'ai pensé qu'il balayerait tous mes arguments tant que je ne serais pas en mesure de lui fournir la preuve que le duc en aime une autre. Et de cela je suis sûre, comme je suis sûre qu'il doit s'agir d'une actrice du *Gaiety Theatre*. Mais comme il y a évidemment peu de chances pour qu'il l'avoue à papa, il faut que je découvre la vérité moi-même.

« J'ai donc décidé de me rendre à Londres pour rencontrer le duc, par l'intermédiaire de Mme Langtry. Je ferai semblant d'appartenir à ce monde qui a l'air d'avoir tellement d'importance pour lui. On m'a toujours dit que j'avais quelque chose d'une actrice. Si j'arrive à me faire passer auprès de lui pour l'une d'entre elles, je suis sûre de découvrir la vérité.

« Il y a à travers le monde assez d'héritières qui seraient heureuses de lui offrir leur fortune en échange de sa couronne. Mais pour moi, peu importe qu'il soit duc ou mendiant. Je l'aime parce que la première fois que je l'ai vu, il a pris mon cœur pour toujours. Cela a l'air si bête lorsque je l'écris, et pourtant... c'est exactement ce qui s'est passé.

« Maintenant, je vais partir à la recherche de la vérité et dire à papa que je ne peux pas épouser le duc. Il ne m'y obligera pas dans ces conditions.

« Quant à moi, aussi longtemps que je vivrai, quand bien même je ne devrais jamais le revoir, je n'aimerai jamais que Varro. »

Le duc, sa lecture achevée, resta les yeux fixés sur la page, stupéfait. Il fut arraché à sa contemplation par une petite voix tremblante.

– Ce n'est pas vous, Varro, c'est moi qui suis à genoux! Je vous en prie... Voulez-vous m'épouser? Je vous aime... désespérément.

Le duc se tourna lentement vers Cassandra. Elle était vraiment agenouillée, les mains jointes, et levait vers lui des yeux pleins de larmes. En voyant que son expression n'avait pas changé, qu'elle était toujours aussi fermée, elle eut un petit sanglot pitoyable.

– Si vous ne voulez pas m'épouser... voulez-vous de moi comme maîtresse? chuchota-t-elle.

Le duc ne réagit pas. Puis tout à coup, il se baissa, la prit dans ses bras et la serra contre lui.

– Comment osez-vous dire une chose pareille? lui demanda-t-il d'un ton encore furieux.

Mais comme s'il était incapable de résister, il chercha sa bouche.

Il l'embrassa d'abord avec dureté. Mais la sentant fondre dans ses bras, brûlant comme elle d'une même flamme, son baiser se fit plus tendre et en même temps plus exigeant.

Tout se mit à tourner autour d'elle et elle fut prise d'un merveilleux vertige. Le duc couvrait de baisers ses joues humides, ses yeux, puis reprenait sa bouche avec une passion qui la faisait trembler tout entière.

Quand il releva la tête pour la regarder, elle se cacha le visage au creux de son épaule.

– Pardon... murmura-t-elle.

– Comment avez-vous pu faire une chose aussi stupide, aussi condamnable, aussi folle?

Comme elle ne répondait pas, il poursuivit:

– Dieu sait dans quelles situations épouvantables vous auriez pu vous trouver si je n'avais pas été là pour vous protéger!

– Mais vous étiez là! murmura-t-elle. Et il fallait que je découvre la vérité!

– Il y avait sans doute mieux à faire pour cela que d'assumer un rôle dont vous ne saviez rien!

– Et pourtant, vous y avez cru!

– J'étais absolument décontenancé. Je suis tombé amoureux de vous quand vous avez été choquée par ce cancan chez Carwen. Mais je n'y comprenais rien: comment une jeune femme, habillée et maquillée comme vous l'étiez, pouvait-elle être aussi innocente et ignorante du monde? Cela dépassait l'entendement.

– J'avais l'impression d'être très habile...

– Votre prestation était tout à fait lamentable! Et qu'il soit bien entendu que si jamais je vous reprends à vous barbouiller les lèvres de rouge, je vous rouerai de coups. C'est bien compris? ajouta-t-il en la serrant contre lui.

– Cela signifie-t-il... que vous allez m'épouser?

Il la regarda dans les yeux en souriant.

– Il me semble que je n'ai pas le choix! Après tout, je vous ai compromise: vous avez couché dans mes appartements.

– J'avais fermé la porte à clef!

Il se mit à rire.

– Parce que je vous l'avais demandé! Oh! ma chérie, quand je pense à votre conduite insensée et aux risques que vous avez courus, je suis terrifié! Je tremble encore à l'idée de ce qui aurait pu vous arriver!

– Mais je savais qu'avec vous je n'avais rien à craindre.

– Vous n'aurez jamais rien à craindre avec moi, pour la bonne et simple raison que je ne vous laisserai jamais disparaître de ma vue. Comment le pourrais-je, d'ailleurs? Vous êtes si ravissante... Mais vous allez être punie de m'avoir trompé et de vous être aussi mal conduite.

– Comment?

– Nous allons nous marier immédiatement! Mais vous n'aurez pas le plaisir d'aller parader à Londres en qualité de nouvelle duchesse d'Alchester. Nous allons partir pour une longue lune de miel, d'abord en Australie, puis en Afrique du Sud.

– C'est merveilleux! s'écria Cassandra, radieuse.

– Et quand nous reviendrons, il sera temps de mettre de l'ordre dans notre maison pour les générations futures.

– Vous voulez dire...

– Je veux dire exactement ce que vous pensez que je pense. Et comment, lorsque vous rougissez ainsi, pouvez-vous imaginer que l'on vous prendrait pour une actrice dévergondée et blasée? Vraiment, je me le demande!

Il l'embrassa de nouveau.

– Je vous aime! Je vous aime tellement que je n'arrive pas à penser à autre chose qu'à vous, lui dit-il.

– C'est ce que je ressens pour vous... depuis des années!

– M'aimez-vous vraiment depuis si longtemps?

– Depuis la première fois que je vous ai vu. J'ai senti que nous étions faits l'un pour l'autre. Vous n'avez pas cette impression?

– Je l'ai eue dès que j'ai posé les yeux sur vous à la réception de Carwen. J'étais déprimé, inquiet... Vous êtes apparue, et tout a changé!

– Et plus rien d'autre n'a compté?

– Plus rien, mon trésor. Les titres, l'argent, le rang, tout cela est sans importance comparé à un amour comme le nôtre! Un amour qui ne se terminera qu'avec notre vie!

– Je vous aime! murmura-t-elle. Je vous aime... à en mourir.

Les lèvres du duc descendirent sur les siennes violemment, passionnément, exigeant d'elle une reddition complète. Elle comprit alors qu'il serait toujours son maître et qu'elle puiserait la joie dans sa force. Il l'emmenait dans un monde parfait, ensoleillé, où ils seraient seuls, ensemble.

– Vous m'aimez vraiment? chuchota-t-elle.

– Je vous adore, mon doux amour.

– Pour... toujours?

– Pour l'éternité, et au-delà.

Cassandra poussa un soupir de bonheur et les lèvres du duc vinrent empêcher toute autre pensée.

Elle ne pouvait plus que frémir d'extase, transportée par un amour qui s'apparentait au divin.

Achevé d'imprimer sur les presses de l'imprimerie Brodard et Taupin
58, rue Jean Bleuzen, Vanves. Usine de La Flèche,
le 7 juin 1985
6307-5 Dépôt légal juin 1985. ISBN : 2 - 277 - 21843 - X
Imprimé en France

Editions J'ai Lu
27, rue Cassette, 75006 Paris
diffusion France et étranger : Flammarion